文春文庫

終りなき夜に生れつく

恩田 陸

文藝春秋

目次

終りなき夜に生れつく

砂の夜

1

指貫《ゆびぬき》が浮かんでいた。

ほんの少し、一センチばかりだが、宙に浮いている。その小さな影がテーブルの上に落ちているのが見えた。

七宝で鮮やかな青い鳥がちりばめられたその指貫は、アフガニスタンで出会った一人の少女が須藤《すどう》みつきにくれたものだ。少女は結局助からず形見となってしまったが、それ以来仕事で海外に行く時は肌身離さず持っている。

鎖をつけてペンダントにしたので、いつも胸元に提げているのだが、休息しようとして胸に手をやった時、あまりに砂まみれになっているのにうんざりして、後で洗おうと外しておいたのだ。

砂というものが、こんなにもありとあらゆるところに入り込んでくるものだとは思わなかった。

気がつけば、襟もとや手首、靴の中や髪の毛の中など、細かい砂やゴロゴロする感じの砂が入り込んできている。

野外活動には慣れているし、長期間風呂に入れないのもしょっちゅうだけれど、ふと気がつくと全身砂まみれで、何気なく触れた頭や、首すじに手をやった時にうっすらと砂の膜《まく》に覆われていることに気付くのは愉快なことではない。砂の汚れは身体だけでなく、じわじわと精神をも浸食してくるようだ。

夜の十時過ぎ、つかのまの休息の時間帯だった。

狭いテントの中で、簡易ベッドに横になっている仲間たち。休める時に休むこともこの稼業の才能のひとつだ。

みつきの隣では、ビーことブリジッテがかすかにいびきを掻いている。

彼女はいつも腕組みをしたまま寝る。腕が痺《しび》れるのではないかと思うのだが、本人に言わせると子供の頃からの習慣なのでなんともないらしい。

イアンとヘンリーの姿が見えないのは、近所の部族のところに交渉なり挨拶なりに行っているからだろう。

少し離れたところで、ごろりとリラックスした様子で横になっているのは軍勇司《いくさゆうじ》だ。

名前はたいそう勇ましいが、ほっそりとした綺麗な顔の、見た目は非常に女性的な男で、とても戦《いく》さに向いているとは思えない。その存在は以前から知っていたが、一緒に仕事をするのは今回が初めてだった。

向こうも同じ日本人どうし、こちらの存在は知っていたようだが、顔合わせをした時にジロリとこちらを一瞥《いちべつ》しただけで、まだほとんど話をしていなかった。

今回のキャンプは、旧市街のレンガ造りの建物のあいだに張ることができたので、比較的めぐまれた環境だった。日よけ、風よけになるし、明かりが遠くから見えて無駄に存在を主張することもない。

前のチームは、夜明け前に襲撃に遭ったという。

キャンプに対する襲撃は時間を選ばなかった。昼飯どきだったり、夜半だったり。ボランティアで来ている医師だと言っても耳を貸さない。単なる略奪対象、あるいは異国の侵略者としか見ていないので、こちらも応戦するしかない。貴重な医薬品を横流しされてはたまらないし、自分たちの命も守らなければならない。

活動の初期に医師や看護師を不本意な形で失った本部は、数年前からフランスの大手警備会社に護衛を依頼するようになっていた。非常に優秀な（つまり殺傷能力に長《た》け、ごっそり最新式の武器を持った）警備員が警護につくようになり、確かに安心ではあったが、彼らのほとんどが傭兵《ようへい》であるのは周知の事実だった。要するに、自分たちが出張っていく理由となる紛争や政変のきっかけを作った連中も含まれているわけである。カネで雇われてどこにでもいく戦争のプロである彼らは、昨日は味方でも明日は敵になる可能性はじゅうぶんにあった。

アフリカ北部のこの国は、古くは王国で長い歴史と文化を持つ大国であったが、国土の半分は複雑に入り混じった少数民族の実質的な支配下にあり、古くからの慣習により暗黙の了解のうちにバランスが保たれてきた。

しかし、二十世紀半ば以降ロシアなどから大量の武器が流れ込み、一部の少数民族が勢力を拡大し始めた結果、その微妙なバランスが崩れ、たちまち国内は大混乱に陥ったのである。

首都を含むエリアを支配する王族側と、新興勢力側との泥沼の戦いが続き、そのしわよせは残りの、そして国土の半分に暮らす少数民族に波及した。略奪、殺戮《さつりく》、住む地を追われるといった災厄が彼らを襲い、恐怖に駆られて避難を続ける人々が長い長い列をつくり、あちこちに寄り集まった。

その集落のひとつにこのキャンプが設けられたというわけだ。

衝突の主戦場が新市街郊外に移動しているので、ここ旧市街は比較的平穏である。最前線の情報も入り易いということで、本部と先遣隊が相談してここにキャンプが張られた。

仕事を重ねるたびに驚かされるのは、先遣隊の情報収集能力の高さである。

みつきがブリジッテとよく言い合う冗談に、ボランティアで世界中に医師を派遣するという理念を持つ本部は、実はどこかの国の情報部の出先機関である、というのがある。最近、それはまんざら冗談ではないのではないかという気がしてきた。紛争地のど真ん中で活動するには最新の情勢分析が必要だし、逆に世界の現場で何が起きているか情報収集することもできるだろう。もしかして、自分たちは医師という名のエージェントにさせられているのではないかという疑惑が拭い切れないのだ。

ともあれ、現場に派遣されればそこは医師を必要とする切実な人々で溢れている。目の前のケガ人や病人を救うことに集中していると、あっというまに数日が過ぎ去ってしまう。

最初の患者の波が収まって、到着以来初めてゆっくり身体を横たえることができ、うとうとしていた瞬間に、みつきは指貫が浮かぶのを見たのである。

2

「あんたなの？」

そう声を掛けられた時も、みつきは気持ちよくまどろんでいたところで、誰に声を掛けられたのかも、その言葉の意味も理解できなかった。

「それって、あんたなの？」

もう一度声を掛けられて、初めてみつきはハッとして目の前の指貫を見つめた。浮かんでいる。ほんの少し、空中に。

ようやくその意味するところに気付いた。

「あたしじゃない。あたしにはこんなことはできない」

のろのろと口が動いてそう応えていた。

「じゃあ、それ、誰が浮かべてるわけ？」

「分からない」

みつきはぼんやり周囲を見回した。灰色のテントの中には、今三人しかいない。ブリジッテは相変わらず腕組みしたまままいびきを搔いている。

軍勇司が宙《ちゅう》に足を振り上げ、その反動を利用してすっと起き上がるのが見えた。なるほど、今の声は彼のものだったのか。

みつきもつられて、ねぼけまなこをこすりつつ、ごそごそと起き上がる。

まだ指貫は浮かんでいた。

ふわふわ浮かんでいるのではなく、ピタリと宙の一点で止まっている。

指貫につないだ鎖が持ち上げられたところを見ていると、不意に高校時代によく通っていた喫茶店を思いだした。店頭に食品サンプルがあって、その中にナポリタン・スパゲティをフォークが空中に巻き上げているところという、お決まりのものがあったっけ。急に、ナポリタンが食べたくなった。少しケチャップが焦げた、ピーマンと玉ネギとハムの入った、鉄板に乗ったやつ。

「ちょっと、変なもの思い浮かべないでよ。こっちまで食べたくなるじゃない」

そうずけずけと言われてギョッとした。

絶句して勇司の顔を見つめると、勇司は肩をすくめる。

「今の、『ブルボン』のナポリタンでしょう。市役所通りの角にある」

「えっ」

みつきは思わず声を上げげた。

「ひょっとして、途鎖《とさ》の人なんですか?」

「そうよ。やんなっちゃう、なんて因果かしら。こんなニッポンから遠く離れたアフリカくんだりのキャンプで、『ブルボン』のナポリタンで通じるあたしたちって」

奇遇であることは間違いなかったが、みつきがショックを受けたのはそれだけではない。

在色者《ざいしょくしゃ》。かなり強い。

勇司はみつきの考えていることがすぐに分かったらしい。

「心配しないで、めったやたらに覗いたりしないわ。時々ふっと見えるだけ。しかも、相手が無防備な時にね」

「あたし、無防備でした？」

「しょうがないわよ、ぶっとおしで働いてたんだから。それに、こんなに見えるの久しぶり。ずっと治まってたのに。この土地のせいかしら」

コントロールできていなかったのか。

「しかし、あんたじゃないとすると」

勇司は立ち上がり、テントの入口の覆いをそっと持ち上げ、外を窺った。なんとなく、みつきもついていき、一緒に外に目をやる。

小型小銃を抱えた若い白人の警備員が一人。もう一人、暗視スコープを目にセットしたアジア系の警備員が少し離れて立っている。さすがはプロ、こんな夜中だというのに、その背中に隙はない。

その二人以外、全く人気《ひとけ》はなかった。それどころか、外は重い闇がどろりと広がっているだけで、何も見えない。

「うーん、あのお兄さんたちじゃなさそうね」

テントの中に戻ってくると、もう指貫はテーブルの上に落ちていた。

「あら、ショーは終わりね」

「誰だったんでしょう」

「分からない」

勇司は煙草を取り出し、火を点《つ》けた。勧められて、みつきも一本手に取る。

「夜は結構冷えるわね」

「乾燥してますね」

勇司が話すのを聞いて、ゲイだというのは気付いていた。この名前はさぞかし子供の頃からつらかったのではなかろうか。

「あんた今、あたしの名前について考えてたでしょ」

勇司が大きな目でジロリとみつきを睨んだので慌てた。

「え、それも読んだんですか？」

テレパスとしての勇司の「イロ」についてチラリと考える。

が、勇司は左右に首を振った。

「違うわよ、これは単なる推理。今、あんたの目が泳いだの。チームを組んでから、まともに話すのはこれが初めてよね。あたしが日本語いっぱい喋るとこ聞くのも初めてでしょ。本部でもチームでも英語かフランス語だったから。で、当然あたしがゲイだと気付く。そこで初めてあたしの素敵なフルネームを改めて思い出す。こんな名前でこんな紅顔の美青年だなんて。これまで苦労してきたんだろうなあ、ひょっとして名前の反動でゲイになっちゃったのかしら、なんて考えちゃったわけ。ちがう？」

みつきは図星を指されてぐうの音も出ず、赤くなった。

勇司は小さく笑った。

「別にあたしの華麗なる推理に感動することはないわよ。だいたい日本人はみんな同じ反応するだけ」

「はあ、すみません」

「謝ることないわ」

しかし、勇司から言ってくれたことで気が楽になった。あるいは、そちらが目的だったのかもしれない。

ゆっくり煙草を吸っていると、アフリカにいるという実感が今頃になって湧いてきた。

「イアンとヘンリーが戻ってきませんね」

「たぶん長老を説得に行ってるのよ。ヒドゥ族の」

「ヒドゥ族？」

「なんでも、独自の風習をずうっと守ってきた、少し変わった部族らしいわ。悪魔は白い服を着て現れるという言い伝えがあって医者の白衣を嫌がるから、そのへん説明に行ったみたい」

「へえー。悪魔ですか」

医療者の白衣は世界共通であるが、そのことが裏目に出るというのは初めて聞いた。信仰上のタブーから、女性の医療者に触れられるのを嫌がる地域があって、それを知らずに苦労したことはあったけれど。

「知ってる？　この辺りも『イロ』の強い地域なのよ」

「え？」

勇司の言葉に振り向いた。

「途鎖みたいに『イロ』の強い地域が世界に何ヶ所かあって、ここもそのひとつなんだって。特に、ヒドゥ族のいるところはそれが強いので、地元では畏《おそ》れられたり敬われたりしてきたんだって。この国で彼らを押さえておくのは重要だから、わざわざ彼らの集落まで出かけていったらしいの」

「そうなんですか」

なぜか煙草が苦くなる。

在色者――いつもは触れないようにしているけれど、あらゆるところに深く暗く横たわっている人類の共通課題である。自分もその一人であり、苦しんできたことを思うと複雑な心地になり、つい口をつぐんでしまう。

在色者の存在の多寡に地域性があるというのは広く知られている。特に多い地域と全くいない地域とがあり、その能力も非常に幅広くムラがある。

世界的には、なるべく「イロ」が発露しないよう薬物投与と簡単な外科手術を行う均質化が一般的である。それというのも、「イロ」は成長の過程で人体にかなりの苦痛を与え、使用すると深刻な反動が起きて、精神疾患の要因にもなるためで、きちんとコントロールできる者はわずかだった。しかも、「イロ」を持たない人間との軋轢《あつれき》は後を絶たないときている。法で制御するにも限界があり、むごたらしい事件はそこここで起きている。

途鎖は日本どころか、世界的に見ても在色者の多いクニだった。日本の中で特殊な立場にあり、日本政府と一線を画して事実上鎖国状態にある。

「あんた、今は途鎖のこと考えてたわね」

勇司はふうっと長く煙を吐いた。

「分かります?」

「分かるわよ、あたしだって考えてたから」

途鎖のことを考えると、屈折した愛着と、暗澹《あんたん》たる嫌悪とが同時に込み上げてくるのは勇司も同じだということか。

と、テントの外で足音と話し声がした。

イアンとヘンリーが戻ってきたらしい。

3

「起きてたのか」

イアンが珍しく疲れた顔で入ってくると、「やれやれ」と呟き折り畳み椅子にぐったりと腰を下ろした。ぎしっ、とイアンの体重に椅子が抗議の声を上げる。

アイルランド人の彼は、一般的に誰もがアイルランド人に対して持っているイメージそのままに見える。がっしりしていて小太り、赤い髪で赤ら顔。酒好き、議論好き、喧嘩っ早い親爺という映画や小説の中のイメージ。

しかし、イアンの気の良さそうな顔の下には、不屈の粘り強さと冷静な頭脳、思慮深い洞察力が隠れていて、まさにこのような場所でこのような仕事をするにはうってつけの人間だというのが、一度現場を一緒に体験すればよく分かる。イアンは同僚にもスタッフにも深く尊敬されていた。

そして、もう一人、不思議な存在感を放つ長身の浅黒い男。

ヘンリーはインド系のイギリス人で、彼の周りだけいつも静かで穏やかな空気が流れているように感じられる男だ。医師としての長い経験も持っているが、どちらかというと学者のように見え、民俗学や薬学など該博な知識はいったいどこで身に付けたのだろうと思うくらいに広く、周囲は彼のことを「プロフェッサー」と呼んでいた。

悪魔が白い服を着てやってくるという伝説など、現地の信仰的背景や風習などは、彼が調べてきたことに違いない。

どこか高貴で予言者じみた印象を与える彼は、しばしばこういう場所で多大な力を発揮するのである。

「どうだった？　我々を受け入れてくれそう？」

勇司が英語で尋ねる。

言語の持つ性格というものか、外国語を話す緊張からか、英語で喋っている勇司は非常にアグレッシブかつ男性的だった。

「それが、どうにも厄介なことになってね」

イアンの口調は溜息混じりである。

「悪魔が現れた、と言うんです」

ヘンリーが穏やかな声でイアンの言葉を継いだ。

「悪魔？　例の、白い服を着た医者のこと？」

勇司が聞き返すと、二人は否定の声を上げた。

「医療者の白衣のことは彼らも理解していた。我々のロゴの入った白衣を見せて、この白衣を着た人間は敵意を持っていないということも納得してくれた」

「じゃあ、どうして」

「既に、もう悪魔は現れた。我々の集落は穢《けが》されているので、近寄らないでほしいというんだ」

「それって、感染症か何かのこと？」

みつきも会話に加わる。穢されている、とは穏やかではない。普通に考えて、水か何かが汚染されているのではないか。

「俺もそれを疑ったんだけどね。もし、何か特定の症状が出ている患者がいるのなら見せてほしいと言った。しかし、そうではない、というんだ」

「じゃあ、なに？」

「このところ、ひと晩に一人ずつ、一週間続けて集落で死者が出ているらしい。病気ではなく、明らかに他殺だ。なのに、誰も殺人者を目撃した者がいない。誰も出入りできない状況で撲殺《ぼくさつ》されたり扼殺《やくさつ》されたりしているという。それを彼らは悪魔と呼んでいるんだ」

四人は黙り込んだ。

何が起きているかは想像がついた。

在色者だ。

強力な「イロ」を持つ者が、連続殺人事件を引き起こしているのだ。

それは、ヒドゥ族もじゅうぶん承知しているのだろう。だから、よそ者が入ることを警戒しているのだ。

「集落の健康状態はどうなんです？」

みつきは尋ねた。

イアンが頷いてみせた。

「ヒドゥ族は周囲から畏敬の念を持たれているので、今のところマシなほうだろうが、やはり医薬品が不足しているので、子供たちに風邪が流行《はや》っている。マラリアもひどい。重篤な患者も出ているようだ。一度だけでいいから、診療に行きたいんだが」

「集落の外れに、患者だけ集まってもらったらどうでしょう。我々が中に入らなければ大丈夫なんじゃないですか」

「こちらもそう提案したが、穢れた地域から集落の者を出すわけにはいかないという。穢れが広がり、対応しきれないと」

「その、『穢れ』というのは何を指しているんだろう」

勇司が首をかしげた。

「彼らだって、身内の中にサイコな殺人者がいるのは分かってる。身内の恥をさらしたくないことも分かる。でも『穢れ』というのは？」

「我々に危害を与えることを心配してるのさ」

イアンが肩をすくめると、ヘンリーが平然とした口調で呟いた。

「あそこは非常に面白いところです。ヒドゥ族は、旧約聖書の時代からあそこに住んでいると言われています。彼らが『穢れ』というのならば、それにはきちんと根拠があるんだと思います」

突然、唸《うな》り声を上げてブリジッテががばりと起き上がったので、みんなが「うわっ」と飛びのいた。

当の本人は他の四人を見てきょとんとしている。

「あれ、戻ってたの」

彼女は周りを見回し、大きく伸びをした。

「脅かすなよ、ビー。お前が起きるたび心臓がバクバクする」

イアンが苦笑した。

「ごめんごめん、ああ熟睡した」

ブリジッテはドイツ人の大女だ。身長はヘンリーと同じくらい。一九〇センチ、あるいはそれ以上あるのではないか。がっしりした骨格、さえざえとした青い瞳、ブロンドの豊かな髪、巨大な胸と尻。ベリーショートでスレンダーな体型のみつきが隣に並ぶと、ゲルマン民族との骨格の違いに愕然とする。スリーサイズと体重は恐ろしくて聞けない。

砲丸投げの選手だったという彼女は、筋力もさることながら、走っても凄まじく速いのに驚かされる。頑健という言葉を絵に描いたようで、度胸とバイタリティも人一倍だ。ドイツに双子の息子と夫を残し、こうしてしばしば世界を駆け回っている。

「穢れがどうしたって？」

豪快でマイペースのように見えて、彼女には非常に繊細なところもある。眠っていても、無意識のうちに周りの状況を察しているのだ。

「それがなあ」

イアンがもう一度、ヒドゥ族の状況を説明した。

ブリジッテはじっと耳を傾けていたが、「ふうん」と呟いた。

「事件が起きているのは、すべて夜だと言ったね？」

そう確認する。

イアンはハッとしたように頷く。

「ああ。毎晩ひとりずつ、一週間続けて殺されたと言っていた」

「なるほど」

ブリジッテはブロンドの髪を後ろでまとめて、黒いゴムできりきりとしばった。

「それはもしかすると、解離性同一性障害――犯人は、二重人格なんじゃないのかな」

器用にピンでほつれた髪を留めながら、ボソボソと呟く。

「きっと、昼間はなんともないんだろう。殺人者自身も、自分がやっているとは気がついてないんじゃないか。在色者にはいろいろ抑圧されたところがあるから、自分では抑えこんでいるつもりでも、破綻してしまっているケースがある。ヒドゥ族もそれは分かっていて、それを『悪魔』と呼んでるんじゃないだろうか」

そういえば、この見てくれからみんながブリジッテのことを外科医だろうと思い込むのだが、彼女の専門は精神疾患及び児童心理学である。

「なるほどね。それなら腑に落ちる」

イアンが頷いた。

「だったら、事件が始まるきっかけが何かあったはずだ。ささいなことでもいい、一週間前に、何かなかったか聞いてみよう」

「聞いてみようっていうのは？」

勇司が怪訝《けげん》そうにブリジッテを見ると、彼女は当然、というように頷いた。

「明日、夜が明けたら、ヒドゥ族の集落に行ってみよう。もちろん、診療に。昼間ならきっと大丈夫。夜になる前に引き揚げてくればいい。恐らく、『悪魔』は昼間には現れないはずさ」

4

ヒドゥ族の集落は、キャンプから車で二時間近く走ったところにあった。

夜明け前に、砂漠というよりは灰色の荒野を、五人はガタゴトと護衛付きの車に揺られて集落に向かう。

みつきたち医療チームの本部は五人を最小の単位としていた。何人かキャンプに残すことも考えないではなかったが、緊急を要する患者はここ数日で一段落した印象があったし、薬を出すだけなら残ったスタッフでもなんとかなる。これから入る集落は医師が入るのが初めての地域だったので、診断に人手が要ることが予想された。五人いれば、ある程度の規模の緊急手術も行える。

見渡す限りの荒野。灰色の砂が車の後ろに舞い上がり、つむじ風のようについてくる。どろりとした太陽が遠くの山の向こうに顔を出したが、雲は厚く、今日はあまり天気がよくないようだった。

思ったよりも気温と湿度が低いのはありがたかったが、砂嵐が来るかもしれないというありがたくない予報もあった。

みつきは、自分が首に下げた指貫を握り締めていることに気付いた。

それも、無意識のうちに強くぎゅっとつかんだままにしていて、指が白くなっている。

これはどうしたことだろう。

あたしが先生を守ってあげる。

突然、この指貫をくれた少女の声が脳裏に蘇った。

あたしがいなくなっても、その時はこの指貫がきっと先生を守ってくれる――

そっと隣に座っている勇司を見た。その横顔は硬く、どこか緊張していたので、声を掛けることは憚《はばか》られたが、勇司も今みつきが自分の顔を見ていることは意識しているはずだ。

前方に、切り立った灰色の壁のようなものが見えてきた。

それはごつごつとした岩山で、近付くにつれ、これまでの荒野とは似ても似つかぬ、鬱蒼《うっそう》とした灌木《かんぼく》が見え、緑のオリーブ林が見えてきた。

その先が、ヒドゥ族の集落だった。

5

そこは天然の要塞であり、隠れ里でもあった。

外から見ると何もない岩山だが、狭い切り通しを抜けると中には思いがけないくらい大きな谷が広がっていたのだ。集落もうまく配置されていて、もしたまたま誰かが谷に迷い込んでも、すぐには見つからないようになっている。家は自然の造形を利用し、日干しレンガを積み上げて、機能的な共同住宅を造り上げていた。上下水道まできちんと配されていて、集落は清潔だった。

谷間の集落を支えているのは豊富な湧き水だった。よく作物も繁り、果樹園もある。岩山は雨を集めるのと同時に、砂よけや風よけにもなっていた。よくこれまで侵略も略奪もされず、こんなよい場所が残ってきたものだ。

それほどまでに彼らは周囲から畏れられているのだろうか？

そんな考えがチラッとみつきの頭を過《よ》ぎったが、目の前に広がる珍しい風景を眺めるのに夢中で、すぐに忘れてしまった。

いったんは拒絶したイアンとヘンリーが戻ってきたことに、集落の長老たちは戸惑いを隠さなかった。

しかし、ブリジッテとヘンリーが「昼間だけ」と強調してみると、彼らはしばらく深刻な顔で相談していたが、やがて簡易診療所の設営を許可してくれた。

診療所は谷の入口で、切り通しを抜けた場所に設営すると決まり、すぐにセッティングを始める。

白い服を着た医療者の噂は、既に集落に広まっていたらしい。

セッティングを始めるか始めないかのうちに、乳幼児を抱いた女性が次々と現れた。「穢れている」と拒否した長老たちが、診療所のセッティングを許可した理由はすぐに分かった。どうやら、食中毒らしき症状を呈している子供が多く発生していて、集落でも困っていたらしいのだ。ほとんどの者は軽症だったが、中には心配な子も数名含まれていたので、その子たちは点滴をして様子を見ることにした。原因はすぐに特定できた。数日前に集落に持ち込まれたプディングを食べた子がみんなやられていたのである。原因が飲み水や感染症でないことが分かったので、とりあえず一安心だった。

ヒドゥ族は非常に知的で洗練されていた。

モノトーンを基調とした衣装は、整然とした幾何学模様で飾られ、皆こちらがたじろぐほどに思慮深げな、金色としかいいようのない色の瞳をしていた。

いわゆる、アフリカ系という名で想像するような真っ黒な肌の色ではなく、こちらも不思議にチョコレート色に金色がかったという色をしていて、顔も中東やヨーロッパ系であり、パッと見てどこの国の人か言い当てるのは難しかった。

全く異なる風土なのに、みつきはなんとなく郷里の途鎖を連想した。

隔絶され、ひとつの地に脈々と生きてきた人々。

治療が一段落したので、みつきたちは持ってきた食料で簡単な昼食を済ませた。

と、診療の様子を遠巻きにしていた長老が、こちらに近付いてくる。イアンたちと立ち上がり、長老に敬意を表し、診療所をセッティングさせてくれた礼を言う。

長老は「とんでもない」というように手を振り、「ついてこい」と目で合図すると、振り返りながら先に立って歩き出した。

顔を見合わせ、みんなでついていく。

長老はうねうねと続く谷間の小道を辿り、やがて洞窟のような場所に入っていった。

不意に、みつきは頭が重くなるのを感じた。みしり、と身体全体に負荷が掛かったような鈍痛を覚える。

なんだろう、これ。

またしても指貫をきつく握り締めていた。動悸が激しくなる。

先生を守ってあげる。

少女の澄んだ瞳が蘇る。

洞窟の中はひんやりとして、かなり気温が低く、天然の冷蔵庫のようだった。

どこかでぴちゃんと水滴の落ちる音がする。

何かいる。この場所、何かが満ちている——

長老が、行く手にあるものに注意を促した。

ぼんやりと白いものが浮かびあがる。

よく見ると、白い布に巻かれた遺体らしきものが並んでいた。

ヘンリーに身振り手振りで話していることを解釈するに、昨夜も死者が出たということだった。やはり自宅に一人、部屋にこもっていたところ、朝になって死んでいるのが発見されたという。

遺体を見てほしい、ということらしかった。

イアンとブリジッテが布をよけて遺体を見ていたが、遠目にも二人の顔色が変わっているのが分かった。

しばらく深刻な表情で検分していたが、戻ってきて長老とこれまた深刻な顔でやりとりをしている。

話の内容を教えてもらったのは、洞窟を出てしばらくしてからだった。

イアンが動揺を隠さない表情で早口に話し始めた。

「あんな遺体は見たことがない――全身真っ青で、身体全体が鬱血している。全身の骨がぐずぐずで、信じられないくらい細かく砕かれている。死因はショック死だろう。瞬時に骨を砕かれて死んだとしか思えない」

「それなのに、全く傷がなく皮膚はつるんとしているの。ホントに、あれは悪魔の仕業としかいいようがない。どうやったらあんなことができるっていうの？」

豪胆なブリジッテですら、青ざめた顔で語っている。

「――で、あれが始まった一週間前に何かなかったか聞いてみた?」

勇司は冷静だった。

ブリジッテはハッとして、「ああ」と勇司の腕をつかんだ。

「ああ、そうだった。すっかり度肝を抜かれて、聞くのを忘れちゃったよ」

ブリジッテはヘンリーに手を振った。

「ヘンリー、一緒に来てくれる? あなたが一番ここの言葉を理解してるみたいだから」

「了解です」

ヘンリーは、いつも通り穏やかに頷くと、二人で席を立って長老を捜しに行った。

「どうしたの、勇司?」

雷に打たれたように硬直している勇司の顔を見て、みつきは思わず声を掛けた。

勇司は真っ青な顔をしていたが、やがてあえぐように短く呼吸すると、深い溜息をついた。

「まったく、あのゲルマン女ときたら――彼女が見た遺体、バッチリアップでフラッシュバックされちゃったわ。ううう、ひどい」

どうやら、ブリジッテに腕をつかまれたせいで、彼女が直前に見た遺体のイメージを見てしまったらしい。

「それはお気の毒に」

みつきは同情した。

勇司は自分の両腕を抱くようにしてさすった。

「ここ、なんだか嫌なところだわ。とっとと引き揚げましょう。日没前にキャンプに着くには、そろそろ撤収の準備をしたほうがいいんじゃないの？」

イアンの姿を捜したが、彼もどこかに出かけたらしく姿が見えない。

ふと、みつきは空を見上げた。

谷間の集落から見える空は狭い。

灰色の空が、奇妙な黄土色に濁っている。どろりとしたその色は、なぜか液体のように感じられた。

不意に、みつきは確信に近いような不吉な予感に全身を打たれた。

「あたしたちは出られない」

「え？」

突然、口を開いたみつきの顔を、勇司はまじまじと見つめた。

「あたしたち、この谷を出られない。ここで夜を迎える」

「何を言うのよ」

勇司は苦笑したが、その表情がみるみるうちに歪んでいくのを、みつきはぼんやり眺めていた。

「みつき、ひょっとして、あんたの『イロ』って」

みつきはどこか夢見るような瞳で小さく頷いた。

「先触れを感じるの。あたしたちはここで夜を迎える」

いつもこれを感じる時は、少しとろりと眠くなって、現実ではないような錯覚に陥るのだ。

「冗談じゃないわ、ここには悪魔がいるのよっ。夜までいられるもんですか。とっとと引き揚げるのよ」

勇司が悲鳴のように叫んだ、その時。

「大変だ!」

遠くから、イアンの声が聞こえてきた。

勇司とみつきは同時に声のしたほうを見た。イアンが血相を変えて畝《うね》のあいだの小道を駆けてくる。

「砂嵐が来る」

「なんですって?」

「この谷にいると、周りから遮断されたようになって、外の様子が分からない。今、もう外は凄い風だ。すぐ近くまで砂嵐が来ている。今引き揚げないと、キャンプに戻れない」

「ビーとヘンリーが長老を捜しに行ってるわ」

「僕が呼び戻す。君らは診療所を撤収してくれ」

それからというもの、全員が大慌てで集落のあいだを駆け回った。

「急いでください」と叫ぶ護衛。

切り通しの向こうに出ようとして、岩山の向こう側が真っ白で見えないことに気付いて愕然とした。

文字通り、真っ白。舞い上がる砂で何も見えない。

ゴウゴウと凄まじい音で風が吹いている。世界全体がすっぽりと風に覆われ、無音のようにすら感じられる。

「うひゃあ」

荷物をまとめて車に乗り込んだが、激しい横風に車が浮き上がるのが分かった。

「出発だ！」

イアンが叫び、車を出したものの、一同は軽いパニックに陥っていた。

何も見えないし、もちろん方向感覚もなくなっている。ＧＰＳでなんとかキャンプの位置は把握できるものの、白い闇の中を進むのは宇宙に放り出されたようで、なんとも恐ろしい。

時刻は午後三時を回ったばかりだが、辺り一面砂と風だけで、地平線も空も境界が分からず、昼なのか夜なのかも分からない。陽射しは全くなく、影もなく、どこもかしこも異様にのっぺりと薄暗いのだ。

「待ってください、相棒が」

運転していた護衛が叫んだ。

バイクで一緒に走っていたはずのもう一人の護衛の姿が見えない。

この凄まじい風では、バイクで走るのも一苦労だ。何も遮るもののない平原では、もろに風圧を受けてしまう。

Uターンさせようとしたとたん、車が何かに乗り上げる衝撃を感じた。

完全に何かにはまり、動けなくなってしまった。

外に出るのも大変だったが、一同はのろのろとしか進めない車に砂が吹きつけ、車の周りに吹き溜まりができていることに愕然とした。頬を打つ砂で目も開けられず、それでもなんとかみんなで砂を掻き出し、車を吹き溜まりから引っ張りだした時には、時刻は五時近くになっていた。

砂嵐はいっこうに収まる様子がないばかりか、いよいよ風は強まるいっぽうで、疲労困憊《こんぱい》して再び車に乗り込んだ時には、車の中も砂場なみに砂だらけだった。

「引き返そう。このままじゃ遭難してしまう」

イアンもそう宣言せざるを得なかった。

のろのろと砂嵐の中を集落に戻る最中も、生きた心地がしなかった。進んでいるのか、止まっているのか、さっぱり分からない。吹きつける風と砂はますます凶暴に車を打ちのめし、その場に彼らを埋めようとしているとしか思えない。

「相棒のバイクだ」

かろうじて、吹き溜まりの中に横倒しとなったバイクが見えた。

集落を出てそう遠くないところで走れなくなったようである。

「で、君の相棒はどこにいる?」

イアンが護衛に尋ねると、「きっと集落に戻っているでしょう。バイクは早々にあきらめたと思います」と答えた。

「だったらいいんだが」

イアンは暗い声で、砂に埋もれたバイクに目をやった。

ほうほうのていでヒドゥ族の集落に辿り着いた時には、もう日暮れの時間を迎えていた。

砂嵐の白い闇から、真の暗闇へと世界は移行したのだ。

やはりみつきの先触れのとおり、一同はこの谷で夜を迎えることになったのである。

6

「よくそう落ち着いていられるわね」

ブリジッテが半ばあきれた様子でヘンリーからプラスチックのカップを受け取った。

「大丈夫、命までは取られません」

ヘンリーは愛用のカップの底を皆に見せた。

「紅茶占いでもそう出ています」

毒気を抜かれたように、皆がヘンリーを注視する。

思わずみつきはカップを覗き込んだが、茶色い輪が見えただけで、果たしてそれが本当なのか、ヘンリーが皆を励ますために言っているのかは判断しかねた。

カップはステンレス製の特注品らしく、彼がいつもズボンのベルトに提げているものだ。それこそ一〇〇ccくらいしか入らないコンパクトなものだが、きちんとカップの形をしていて、柄は優雅なラインを描いている。

ヘンリーの手は大きいので、柄をつまんでいるとカップがドールハウスのおもちゃのようだ。

彼はまるでウィンザー城のお茶会にでも呼ばれているかのように、優雅な動作でお代わりを注いだ。

再びヒドゥ族の隠れ里に砂まみれで舞い戻った一同は、恐怖と疲労で無言だった。皆の脳裏に、洞窟で見た遺体が浮かんでいたのは間違いない。

不吉な予感は、次々と湧いてくる。

自分たちもあんなふうに骸《むくろ》を晒すことになるのではないか。「悪魔」の跋扈《ばっこ》するこの集落に戻ったのは間違いだったのではないか。やはり無理をしてでもこの集落を離れるべきではなかったのか。そんな迷いや後悔で頭がいっぱいになっていて、しばらくテントを張る気力も戻ってこなかったのだ。護衛の頑強な男ですら、強張った顔で黙り込んでいる。

最初に動いたのはヘンリーだった。

悠然と、彼はお湯を沸かし始めた。

みんながぽかんと彼を見ていると、ヘンリーは「不本意ですが」と断ってからティーバッグを取り出し（きちんとした茶葉ではないことが不本意であるらしい）、砂糖をたっぷり入れた濃い紅茶を淹れて「どうぞ」と皆に振舞った。いつでもどこでも紅茶しか飲まない彼は、さすが大英帝国の出自だと納得させられる。

そこで、冒頭の会話となったわけだ。

ヘンリーを冷静沈着と見るか、浮世離れしていると見るか。

勇司の表情を見る限り、「浮世離れ」と考えていることは明らかだった。みつきもどちらかといえばそちらに針が傾いている。

しかし、甘くて濃い紅茶は、確かに皆を正気に戻すだけの効果があった。

それぞれの顔に表情が戻ってくる。

と、遠くから二人のヒドゥ族の若者が現れた。

どうやら、見張り塔のようなものがあって、谷に誰かが入ってくると分かるような仕組みになっているらしい。

彼らは砂まみれで座りこんでいるみつきたちを見て、すぐに事情を察したようだった。

若者の一人は、フランス語が話せたので、ここでひと晩夜明かしをさせて欲しいと頼む。

若者たちは険しい表情で話し合っていた。

砂嵐は、数日続くこともあり、明日治まるかどうかは分からないという。「悪魔」の事情は知っていると言うと、彼らは顔をこわばらせ、絶対に集落のほうには近付かないように、と念を押し、身体を洗うのに水と、あと食料を持ってくると言って立ち去った。

「やれやれ、とんだ展開になったたな。まさかここでひと晩過ごすはめになろうとは」

イアンがぼやいた。

「悪魔が現れないことを祈るわ」

勇司が肩をすくめる。

「食料を貰うことになるなんて」

ブリジッテが顔をしかめた。移動の際には自分たちの食料を持参するのが鉄則であるが、日帰りの予定だったので余分な食料を準備していなかったのだ。

「本当に天然の要塞だな、ここは。あんなに激しい砂嵐が、ここではほとんど影響なしだ」

「音はするけどね」

ごーっ、という音が間断なく続いているが、それも耳を澄まさないと気付かない程度である。空を見上げても、真っ暗で何も見えない。全く星が見えないので、空が砂で覆われているのだとようやく分かる。

「まあ、ここでおとなしくしてよう。明日点滴した子供たちの様子が見られるのは、唯一ありがたいな」

「車の中の砂を掃除するわ」

落ち着いたところで、各人が動き出した。

「そういえば、一週間前に何か変わったことがなかったか聞いてみたよ」

ブリジッテが思い出したように顔を上げる。

「何があったの？」

みつきがそう聞くと、ブリジッテはヘンリーと顔を見合わせた。

「それが、思い当たることはひとつしかないって言うんだ」

「なあに」

「映画の上映会」

ヘンリーの返事を聞いて、みつきたちはあっけに取られた。

「映画？　なんの？」

「それがねえ」

ブリジッテが当惑したように首をかしげた。

「『巴里《パリ》のアメリカ人』だってさ。それ以外には思いつかないって言うんだ」

7

「――『巴里のアメリカ人』」

「なに？」

夕食を済ませて人心地ついた時、みつきは勇司が呟くのを聞きとがめた。

結局、昼間簡易診療所を開いた場所で診療所のテントを張ることにした。ありったけのマットと毛布と折り畳み椅子を並べて、その上で極力身体を休める。

相変わらず、遠くでごーっという砂嵐の音が続いていた。全く途切れることのないそのノイズが、一歩谷を出れば激しい砂嵐が吹き荒れていることを思い出させる。

ヒドゥ族の作る、ナンに似たパンは香ばしかった。肉と野菜の煮込みもスパイシーでおいしく、貪《むさぼ》るようにぺろりと食べてしまった。子供たちを診てくれた彼らに、母親たちが争うようにして料理を持ってきてくれたのだ。

引き返してきた時の恐怖はどこへやら、すっかり寛《くつろ》いでいる。イアンは日誌をつけているし、ブリジッテとヘンリーはチェスをしている。みつきと勇司は一服中だ。

「警備の彼——ティムだったわよね——彼、アメリカ人だったなあと思って」

勇司はチラリとさっきまで彼が立っていた場所に目をやった。

「へえ、そうなの。米軍出身かしら？」

「たぶんそう。今はパリの本社勤務だっていうから、彼も『巴里のアメリカ人』だわね」

白人のほうの警備員——運転手を務めてくれているティムは席を外していた。オートバイで伴走していて動けなくなり、先に集落に引き返したであろうもう一人の警備員を捜しに行ったのだ。

「もう一人の彼、どこに行っちゃったのかしらね」

勇司は空を見上げて煙を吐き出した。

「やっぱり道に迷って砂漠で遭難したんじゃないの？」

みつきはあのアジア系の青年がどんな顔をしていたか思い出そうとしたが、意外に華奢な身体つきだったことくらいしか覚えていなかった。

「それはないと言ってたわ。野外活動にも慣れてるタフな男だって」

「無線は？」

「それが通じないらしいの」

「ヘンね。ここの地形のせいかしら」

谷は遮蔽物《しゃへい》も多いし、高低差もある。

「大丈夫かしら、集落に入って。あんなに夜は近付くなと言われてたのに」

みつきは不安げに暗い集落のほうに目をやった。もっとも、この場所からは何も見えないのだが。

「ねえ、ビー、あんた本当に『巴里のアメリカ人』があの連続殺人のきっかけになったと思ってるわけ？」

勇司はブリジッテに尋ねた。

一九五〇年代に公開された、アメリカのミュージカル映画。パリに仕事を求めてやってきたアメリカ人の、他愛のない恋模様を描いたヒット作である。

「可能性はある。映像体験て強烈だからねえ。映画のどこに反応したのか、何が誘因になったのかは分からないけど」

「そうねえ。確かに、あたしも『ボディ・スナッチャー』でいっとき空豆がトラウマになって、悪夢ばっかり見たもの」

「ああ、あのモノクロの映画ね。でっかい豆の莢《さや》が出てくるやつ」

意外や、ブリジッテはＳＦホラー系の映画も観ているらしい。

「それそれ」

「あたしはクロサワだな。あの、胸から血がぶしゅーっと噴き上がるシーン」

「『椿三十郎』ね。あれね、斬られる側の役者にも何が起きるか知らされてなかったんだって」

「へえ、じゃあ、あの驚愕の表情は本物だったわけか」

「ヘンリーにもトラウマ映画なんてあるの？　そもそもあんたにトラウマなんつう概念があるかどうか謎だけど」

勇司は言いたい放題だが、彼が言うとあまりひどいことを言っているように聞こえないのが不思議である。ヘンリーはニヤリと笑った。

「『白雪姫』ですね」

「えっ？　ディズニーの？」

イアンまでつられてヘンリーを見る。ヘンリーは平然と頷いた。

「子供心にもあの設定は異常だと思いました。あの七人の小人はどういう家族構成なんでしょうか？ そもそも何歳なのか？ 年寄りにも見えるし、若くも見える。しかも、みんなが同い年に見える。まさか七つ子？ だったら、母親は大変だったはずだ。もしかすると、出産で命を落としたのでは？」

真顔で続ける。

「白雪姫の死因も気になりました。なんの毒だったのか？ 本当に死んだのか、仮死状態だったのか？『ロミオとジュリエット』でも一時的に仮死状態になる薬が出てきましたが、当時そういう薬がヨーロッパでは広く知られていたのだろうか？ 王子は人工呼吸を施したということなのか？ ならば、毒の種類によっては、人工呼吸を施した王子にも中毒の危険性があったのに、なんという無謀な行為をするんだろうと震え上がりました」

「ええと、それってトラウマというよりは」

勇司が突っ込みを入れようとした瞬間、ヘンリーが「シッ」と唇に人差し指を当てた。

誰もがハッとして動きを止めた。

ごーっという、砂嵐の音。

皆が視線を泳がせた。

何かが起きている。同時にそう感じたのはなぜだろう。

「あ」

ブリジッテがそう言って皆の注目を集めた。

「これ」

チェスの駒が浮かんでいた。

ヘンリーとブリジッテのあいだにある、携帯用のチェス盤の上で、すべての駒がふわりと五センチくらい、宙に浮いている。

「誰?」

ブリジッテはそろそろとチェス盤を離れた。ヘンリーは椅子に深く腰掛けたまま、じっと目の前に浮かぶキングを見つめている。

みつきも、自分の目の前に指貫が浮かんでいたのでギョッとした。首に提げたチェーンに繋がれているので、引っ張られるような感触がある。

ぴんと張り詰めた空気。

あたしが先生を守ってあげる。

手を指貫に伸ばしかけて、やめた。

いったい何からあたしを守ってくれるというの?

その時、遠くで乾いた銃声が響いた。

パーン、と一発、長く尾を引いて。

皆がハッとしてその方角を見る。

と、バラリと音を立ててチェスの駒が盤上に落ちた。

みつきの指貫もぽとりと落ちて胸に当たる。

更に耳を澄ますが、静寂が破られたのはその一発だけで、また砂嵐の音だけが通奏低音のように響いている。

「あれは、銃声ですよね」

みつきは確かめるようにイアンに尋ねた。

「恐らく」

「誰が発砲したんでしょう？　ヒドゥ族は銃器の類は携行していないように見えましたが」

イアンは硬い表情で頷く。

「長老は、下手に武器を持っているほうが危ないので丸腰だと言っていた」

「じゃあ、あれは誰が？」

「まさか、ティム？」

「それとも、悪魔が？」

誰もが棒立ちになって互いの顔を見ているが、その場を動くことはできなかった。

「どうします？　ここでじっとしてていいんでしょうか？」

みつきは口ごもった。

「動かない。夜の集落がどういう状態なのか分からないし、近付くなと言われている限り、今の俺たちには何もできない」

イアンはきっぱりと即答した。

内心ホッとしたものの、やはり銃声は気になる。

「誰かが撃たれていたら？」

ヘンリーが尋ねる。

「撃たれていないかもしれない」

イアンは動じない。彼はリーダーとして、メンバーを守る義務があった。初期の活動から参加している彼は、何度も同僚を亡くしており、メンバーを危険に晒すことには非常に神経質になっている。

じりじりと時間が過ぎた。休んだほうがいいと分かっていても、皆動けない。なんとか腰は下ろしたものの、黙りこくって何かを待っている。

と、遠くから足音が聞こえてきた。

空耳ではない。みんなが反射的に立ち上がった。

足音は、走っているようだった。それも複数。

「ドクター！」

闇の中から息を切らして現れたのは、ティムとヒドゥ族の、さっき見張りをしていた二人の若者だった。

「怪我人が出ました。三人とも重傷です。助けてください」

顔面蒼白である。

「ティム、あなたも血が」

ブリジッテが指摘した。

「え？　ああ、私はかすり傷です」

ティムは額から血を流しているのに今気付いたようで、さっと手で拭って指先の血を確かめた。

みつきは、不意に奇妙な眠気を感じた。とろりとまぶたが重くなる。

頭もずしりと重くなった。あの洞窟に入った時もこんな感じがしたっけ。頭が霞む。

何かがぼんやりと脳裏に浮かんだ。ちらちらと揺れる鮮やかな色彩。赤や青、緑など、抽象画のような模様が入り混じり、揺れている。

なんだろう、これ。

頭の中にメロディーが流れてきた。軽快な、弾けるようなリズム。どこかで聞いたことがあるメロディー。

「みつき?」

勇司に肩をつかまれて目が覚めた。

「ああ、ぼんやりしちゃって」

「今の、何?」

勇司の目が鋭くなる。

「ああ、勇司も見えたのね。なんだろう。綺麗な色だったわ」

勇司はつかのま考え込んでいたが、イアンとブリジッテが無言で医療器具を準備し始めたのに加わった。

8

「さっきの銃声はあなたが?」

足早に夜道を急ぎながら、ブリジッテが先導するティムに尋ねた。

「いえ、違います。たぶん、あれは相棒が」

「相棒はどこにいるの?」

「まだ見つかってません」

道すがら聞いたティムの話をまとめるとこうだ。

彼はなるべく集落に立ち入らないよう、隠れつつ移動していた。相棒は、自分たちが砂嵐に巻き込まれたのを救うべく応援を頼みに行ったのだろうと思ったのだが、その形跡が見当たらない。

そのうちに、あれが始まった。

最初は何が起きているのか分からなかったが、周囲のものが少しずつ空中に浮かび上がっていることに気付いた。

石や台車、水甕《みずがめ》といった相当な重量のものも浮いている。

あちこちで悲鳴が上がったのが聞こえたので、集落全体でこの現象が起きているのだと直感した。

じっと様子を窺っているうちに、パーンという銃声が響いた。

それに続いてどこかで「ギャーッ」という凄まじい悲鳴が上がった。

それと同時に、浮かんでいたものが地面にずしりと落ちたのに気付いていたが、ティムは反射的に悲鳴のしたほうに走っていった。

すると、腕を押さえてよろよろと家の中から転がり出てきた男性がいた。

近所からバラバラと住民が現れ、男を取り囲む。

「ヒーッ」と獣のような叫び声を上げて、男は地面にくずおれた。

押さえた腕は、まるで雑巾でも絞ったかのように奇妙にねじれて、血が噴き出していた。

ティムも住民も、呆然と見守る。

あまりの激痛にのたうち回る男を取り押さえた時に顔を引っかかれたらしい。舌を噛まないようにタオルを咥《くわ》えさせるのが精一杯で、住民に押さえていてくれるように頼むと、慌ててここまで駆けてきたという。


迷路のような石畳の通路を抜けて、人だかりがしている一画が見えてきた。

ひくひくと痙攣《けいれん》しているチョコレート色の足が見える。

「ショック状態だ」

イアンは舌打ちした。

白眼を剝《む》いた男の腕を見て、皆絶句する。

「こいつはひどい」

腕は数回転ねじれて、皮がぼろきれのようにちぎれかけていた。地面は噴き出した血で黒く濡れている。

「切断するしかないな。肩は残せそうだ」

「明かりを」

「先に鎮静剤。どのくらい失血してる?」

「みんな、下がって!」

民家での緊急手術。感染症が心配だが、そんなことは言っていられない。ビニールシートの上に男を移し、家の中のテーブルの上に運びこむのもそこそこに、手術が始まった。

ノコギリを使うまでもなく、腕はあっけなく取れた。引きちぎられた血管の結紮《けっさつ》作業に思いのほか時間がかかり、イアンの顔に焦りが浮かぶ。

手術を始めてから一時間以上経っていた。

「くそ」

イアンの汗を拭い、補助をしていたみつきはぎくりとした。

自分の顎のところに指貫が浮かんでいる。

「まただわ」

マスクをした全員が周囲にちらっと目をやった。

メスや鉗子《かんし》、ガーゼが浮かんでいる。

家の外で遠巻きにしていた住民たちからも、怯《おび》えた声が上がった。同じ言葉をあちこちで囁きあうのが分かった。

「なるほど、これが『穢れ』なんだ。これが起こる範囲が『穢れた』状態なんだわ」

勇司が呟いた。

「いったい誰が」

「もう少しだ。集中しろ」

イアンが皆に注意を促す。

突然、男の全身がびくんと揺れ、一瞬目が見開かれた。

「おう」

みんなで慌てて身体を押さえつける。肩を押さえた勇司が感電したように全身を震わせるのが分かった。男はがっくりと再び意識を失う。

「どうしたの？」

「なんでもないわ」

勇司は首を振ったが、顔は真っ青だった。男に触れていたので、何かを見たに違いない。

じりじりと縫合が進む。

「よし、とりあえず終わったぞ」

イアンはようやく安堵の表情を見せた。

しかし、まだ「穢れ」は続いている。

みつきの指貫も浮かんだままだ。

と、勇司がマスクと手術着をかなぐり捨てるようにしつつ叫んだ。

「ヘンリー、通訳して！」

「勇司、どこ行くの？」

文字通り、転がるように外に飛び出していく勇司を、ヘンリーとみつきは慌てて追いかけた。

9

「こういう女の子はいない？　長い髪の、十四、五歳の女の子。うーん、顔の感じは説明できないわ。おとなしい感じで——痩せ型で——今もそうかは分からないけど、唇の両脇に小さなおできがあって——」

もどかしげに説明する勇司の言葉を、ヘンリーが面食らったように通訳していく。それでも分かりにくかったのか、あのフランス語を解する若者が呼ばれてきた。

勇司とヘンリーのフランス語をきょとんとして聞いている。

「いるはずなのよ」

勇司は苛立ちを隠さない。

「何が言いたいのよ、勇司」

みつきが尋ねると、勇司は「見たのよ、あの男のイメージ」と顔をしかめた。その表情から、何かおぞましいイメージのようだ。

と、ハッとしたようにみつきの顔を見る。

「あんたもさっき、見たわよね？　あれ」

「え？」

「そうよ、そうだわ。あのね、その子の家に、カーテンがあったわ。赤と緑と青の、三角形の模様がたくさんある、鮮やかな色のカーテン」

そう言ったとたん、若者の顔色が変わった。

周囲の者と顔を見合わせ、誰かの名前を叫ぶ。

その名前は彼らにショックを与えたらしく、動揺が広がっていくのが分かった。

「知ってるのね？　その子のところに連れていって」

勇司は叫んだ。

人々が躊躇《ちゅうちょ》しているのが伝わってきたが、やがて長老が現れ、皆から話を聞き、勇司に向かって頷いてみせた。

10

その家は集落の外れの、奥まったところにあった。

窪地の底のようなじめじめした場所で、明らかに粗末で寂れた印象の家だった。

長老が呼びかけると、よろよろと小さな老婆が出てきた。足が悪いらしく、歩くのもままならない様子である。

若者が話しかけるが、老婆は天井を指差すばかりで、その心許なげな表情を見るに、軽い認知症のようだった。

「入らせてもらうわよ」

勇司がそう言って、みんなで家の中に足を踏み入れる。

ランプに照らされた部屋に入った瞬間、みつきと勇司はギョッとして足を止めた。

奥の部屋の入口に、カーテンが下がっていた。

赤と青と緑の三角形が散らされた、色鮮やかなカーテン。

思わず二人は顔を見合わせる。

このカーテンのイメージを、二人は見ていたということか。

「彼女、なんて名前なの？」

「ナジャだそうです」

ヘンリーが呟く。

「ナジャ、入るわよ」

カーテンをめくる。

と、どこか異様な雰囲気のがらんとした部屋が現れた。

「えっ」

みつきはその理由に気付いてあぜんとする。

ベッドも、家具も、すべて天井に張り付いていた。


「あらま」

勇司も気付いて天井を見上げる。

ベッドの脚や、椅子の脚が頭上に見えた。はみ出したシーツや毛布が天井からだらりと垂れ下がっているのは奇妙な眺めである。

「ナジャはどこ？」

薄暗い部屋を見回すが、床には何もなく、隠れるような場所もない。

「ねえ、何か聞こえない？」

みつきはふと、遠くから何か歌が流れてくるのに気がついた。

「ホントだ。どこからかしら」

「外?」

開け放した窓に目をやる。外は漆黒《しっこく》の闇。歌はそちらから聞こえてくるようだ。

二人は外に出て、裏庭に回った。

「あれを!」

ヘンリーが空を指差した。

みんながアッと叫んだ。


少女が宙に浮かんでいる。


漆黒の闇に、少女が浮かんでいた。空中に横たわるようにして、うつぶせになっているので、下からその顔が見えた。

目は閉じられ、ぐっすりと眠っているように見える。

歌はその唇から流れていた。いささか調子っぱずれであるが、そのメロディーは、さっきみつきが聞いたメロディーだった。

ええと、これって、有名な曲よね——確か、アメリカの——

「アイ・ガット・リズム」

ヘンリーが呟いた。

「ジョージ・ガーシュウィン。『巴里のアメリカ人』に出てきます」

「一週間前に、彼女は映画を観たのね」

勇司は苦々しげに呟いた。

「見たわ、あの男のイメージ。きっと、あの男だけじゃない。これまで殺された男たちも皆――」

「何を？」

思わず尋ねた。

「彼女は、自閉症なのよ。あいつらは、たった一人の肉親である祖母が何も分からないのをいいことに、あの子を慰み者にしてた」

みつきはギョッとして勇司を見た。

「男たちの誰かが、彼女と一緒にいる時には、ラジカセでテープを流すことを思いついた。音楽が流れていれば『使用中』ってことのようね。忍んできた時に、互いに鉢合わせしないようにね。そのテープで流していた曲が――」

「『アイ・ガット・リズム』だったと」

ヘンリーが淡々と繰り返した。

「彼女は、初めて昼間にあの曲を聴いたのよ。それまでは、夜ごと彼女の部屋にやってくる男たちのことは、深く考えないようにしていたんでしょう。いえ、何が起きていたのか本当に理解できていなかったのかもしれない。だけど、昼間にあの曲を聴いて、自分の身に何が起きているか『意識』した」

「それで、男たちを」

洞窟に横たわる骸。

「彼女は強力な在色者なんだわ。本人は自閉症だし、周りに気がつく家族もいなかった」

「さっきの男を殺し損ねたのはたまたまなのね。あの銃声のせい？」

「きっとそう。あの時、いったんチェスの駒もみんな落ちたわね。『イロ』を発揮できない時は、モノが落ちるのよ」

「じゃあ、今は」

みつきは浮かんだままの指貫を握り締めた。

調子っぱずれの歌は続いている。

もごもごと少女の唇が動いているのが見えた。どんな夢を見ているのか。彼女は自分が夜な夜な誰かを殺《あや》めているると知っているのだろうか？

「ナジャ！」

勇司はフランス語で叫んだ。

「戻ってらっしゃい！　悪夢は終わったのよ！　もうあんたには誰からも危害を加えさせないから！」

少女がびくっとするのが分かった。

誰かに呼ばれていることに気付いたらしい。

表情が苦しそうに歪み、手で何かを探るようにした。

「ナジャ！」

突然、誰かに身体を揺さぶられたような気がして、みつきは混乱した。

周囲でどよめきが起きる。

浮かんでいる。

みつきは、自分の身体が宙に浮かんだことに混乱した。

嘘。まさか、本当に？

手足をバタバタさせてみるが、身体は浮かんだままだ。みつきだけではない。勇司も、ヘンリーも、住民たちも浮かんでいる。しかも、じりじりと上がっていく。

さすがのヘンリーも驚愕の表情だ。

そこここで悲鳴が上がった。

ナジャの顔が苦痛に歪み、いやいやをするように首を振っている。

みつきは、自分が操り人形になったような気がした。

こんなことって、重力の法則に反してるわ。

宙吊りになって、自分の体重を自覚する。結構重いのね、あたしって。

「ナジャ、やめて！　目を覚ますのよ！」

浮かびながらも、勇司は叫び続けていた。

「ナジャ！」

パッと少女の目が見開かれた。

驚いたような、不思議そうな顔。目を見開いた少女は、とても可憐であどけなかった。

混乱の色が顕《あらわ》れ、自分が今どこにいるのか、何をしているのかまだ理解していないようである。

「ナジャ、下りてきて！」

勇司は更に叫んだ。

少女は目をぱちくりさせ、声の方を向くと、一瞬勇司と目を合わせた。

ハッとした表情。

その瞬間、乾いた銃声が闇を切り裂き、三回続けて夜の谷間に響き渡った。

11

少女の目が、大きく見開かれた。

驚愕。混乱。動揺。そして、痛み。

次の瞬間、少女の身体から、血が迸《ほとばし》った。

「ナジャ!」

みつきと勇司は叫んだ。

がくりと少女の首が垂れ、髪がだらりと落ちた。

そして、ひどくゆっくりと少女は落下した――まるでスローモーションを見ているかのように、ゆっくりと。

どさり、という鈍い音。

同時に、宙に浮いていたすべての者たちも地面に落ちていた。

「ナジャ!」

慌てて起き上がり、少女に駆け寄ったが、既に彼女はこときれていた。

胸に三発。

あまり血は出ていなかったが、即死状態だったのは間違いない。

勇司は震える手で少女を抱き起こし、真っ青な顔でしばらく彼女を見つめていたが、虚ろに見開かれたままのまぶたを閉じてやった。

唇の両脇に、治りかけのおできがある。きっと、ロクに食事もしておらず、ビタミン不足だったのだろう。少女はひどく痩せていた。

住民たちが、ゆっくりと少女の周りに集まってきた。

みつきは、彼らのあいだに広がっているのが痛ましさよりも安堵感であることをひしひしと感じ取った。

恐らく、住民たちも少女がどんな目に遭っていたのか薄々気付いていたのだろう。少女の復讐が、住民たちの不名誉を晒していることも気付いていた。少女が死んだことで、「悪魔」は去った。男たちの罪も、これで永遠に墓の下だ。

「彼女は『悪魔』だったかもしれないけど、彼女のせいじゃない。丁重に弔ってあげてくださいね」

勇司は長老に言った。フランス語ではあったが、彼の言いたいことは伝わったと見えて、長老は大きく頷いた。

「それにしても、いったい誰が」

みつきがそう言いかけた時、裏庭の茂みの陰から、ぬうっと黒い人影が現れたので誰もがハッとした。

暗視スコープを付け銃を抱えた、黒髪のアジア系の青年。

12

「あんただったの。今までいったいどこに雲隠れしてたわけ？」

勇司は皮肉な口調で男を睨みつけた。

男は肩をすくめる。

「俺はあんたたちの警護が仕事だ。危機一髪のところを救ったはずなんだが、あんまり感謝してくれてないみたいだな」

淡々とした口調。綺麗なフランス語には、育ちの良さが感じられた。

傭兵とは思えぬ、どちらかといえば華奢な体格だ。顔も女顔というか、優しい印象を与える。ベトナム系フランス人だろうか。

「砂嵐から逃げて戻ってきたが、『悪魔』のことが気になってた。洞窟に行って、遺体を確認した。強力な在色者がいることは間違いない。そして、あんたたちも戻ってきた。危険な状態にあることは明らかだ。あんなふうに人を殺せる女だぜ？　俺が撃たなかったら、みんな死んでたかもしれない」

男は地面に横たわる少女を一瞥したが、弾が命中したことを確認しただけで、ぴくりとも表情を変えなかった。

「さっきの銃声もあんたが？」

「そうだ。この女が宙に浮かんでるのが見えたんで、こいつの仕業だと分かった。あの時はもっと遠くから狙ったんで、外しちまったんだ。あのあと、いったん見えなくなったんで、家が特定できなかった」

男は悔しそうに唇を歪めた。

一撃でしとめられなかったことのみが後悔の対象らしい。

勇司とみつきは冷ややかな目で男を見ていた。

その視線など全く意に介さず、男は周囲を見回した。

「ここは凄いところだな——興味深い。昔を思い出すよ」

勇司は小さく溜息をつき、ゆっくりと立ち上がった。

「さあ、引き揚げましょうか。夜も遅いし」

ヒドゥ族の若者たちが、少女に布を掛け、静かにその場所から運び出していった。

その後ろ姿を、勇司とみつきはじっと見送る。

「よくやったわよ、勇司」

「そうかしら」

その声は冷たい。

「このさき生きていても、あれだけ『イロ』が強ければもっと苦しんだでしょう。自分がされていたことを知ったら、それこそトラウマにも苦しんだかも」

みつきは慰めたつもりだったが、勇司はぎゅっと唇を噛んだ。

「でも――あの子、あの時あたしと目が合った。彼女、自分で目覚めようとしていた。あたしのことを正面からとらえてたのに」

なんて勇敢な男だろう。

みつきは感嘆していた。

まさに名前通りだわ。もしかすると、あたしたちも彼女の「イロ」の巻き添えを食うかもしれなかったのは確かだ。しかし、彼は少女に呼びかけ続けた。彼女をこの世界に呼び戻そうと必死だった。

「帰りましょう、勇司。君はよくやった」

ヘンリーがそう繰り返した。

道の向こうから、イアンとブリジッテとティムがやってくるのが見えた。

ティムがアジア系の青年の姿を目に留め、驚いた表情になった。

「ルカス！　おまえ、いったいどこにいたんだ？」

「ルカス。それがこの青年の名前なのか。

「ひと仕事したところさ」

ルカスと呼ばれた青年は、涼しい顔で手を上げた。

「素敵な名前ね。聖人から貰ったのね？」

勇司が腕組みをして呟いた。

「ああ。いい名前だろう。自分でも気に入ってる」

青年は無邪気な笑みを浮かべた。

一瞬、勇司と青年の視線が絡み合う。

みつきはふと、頭が重くなるのを感じた。

うん？　これはなんの先触れかしら？

からみつく眠気。漠然としたイメージ。

黒っぽい水面がぼんやりと目の前に浮かぶ。


なんだろう、これ。川？　それとも沼？


しかし、そのイメージはすぐに消えてしまった。

今のはなんだったのかしら。

首をかしげ、何気なく空を見上げたみつきは「あ」と声を上げた。

「見て、砂嵐が止んだわ」

「ほんとだ」

谷間から見上げる細長い空に、無数の星ぼしがきらめいている。

「凄い、あんなに星が」

「明日はキャンプに帰れるな」

道端で合流した七人は、静寂に包まれた谷の底を、ひとかたまりのシルエットとなってゆっくりと遠ざかっていった。

夜のふたつの貌《かお》

1

ようやく安定した呼吸ができるようになってきた。

のろのろとジーンズのポケットから潰れた煙草を苦労して引っ張り出す。中の一本を出すまでがまた大変だった。箱をちょっとだけ振るという、これまで何万回もやってきたはずのなんでもない行為ができなかったからだ。

やっと出てきてくれた一本をくわえたところで、一仕事終わったような疲労を感じた。

クソ。火が点けられそうもない。

指先も身体もバラバラで、煙草の先も火も遥かに遠いところにある。

軍勇司は煙草をくわえたまま小さく舌打ちした。

湿っぽい夕暮れ。辺りには徐々に夕闇が忍び寄っていた。身体は地面に張り付いたかのようだった。起き上がれる気がしない。

あーあ、今回は全治二週間てところかしら。

少しずつ身体を動かしてみる。足首。肩。腰。

みしっ、と嫌な痛みが全身を貫いて、思わず顔をしかめた。うまく急所は避《よ》けたけど、脇腹のひきつるような痛みが気になる。

畜生。これで何度目だろう。

勇司は顔をしかめた。

あいつらの捨て台詞はいつも同じだ。芸がないことこの上ない。

このオカマ野郎！

分かってはいても新鮮に傷つくのだが、いっぽうで代わり映えのしない陳腐な台詞にはほとほとうんざりさせられる。

あいつらの見せる表情はいつも同じだ。ヒステリックな悪意と憎悪。それは、イコール怯えと畏れでもある。その証拠に、必ず「オカマ野郎」を襲うのには、不自然なほどに大勢の人員を必要とする。これまでにああいう連中が一人で襲ってきたためしがない。それはもちろん、後で「俺たちでボコボコにしてやった」と言うためである。「俺たちで」やったということが重要で、つまり「俺たちはオカマ野郎ではない」と確認しあうための儀式なのだ。

それは、裏を返せば、「もしかして、俺もオカマ野郎なのかもしれない」という恐怖が中にあるということだ。自分の中にもかすかなそういう気配を感じるからこそ、畏れるのだ。

実際、襲い掛かってくる奴らの目の中に、「こいつ、同類では」と感じる瞬間がある。今日の新入生の中でも、あのクルーカットの男には特にそう感じた。あるいは、彼はおのれの社会生活を維持するために、自分の性向を隠して「俺たちでボコボコ」に加わったのかもしれぬ。

その気持ちは分かるので、同情しないでもないが、こっちは肉体的、物理的に不利益を被るのでそれは理屈として思い浮かべたに過ぎなかった。あんたのアイデンティティの防御のために、ボコボコにされるほうの身にもなってみなさいよ。

畜生。煙草吸いたい。

勇司は口の中で毒づいた。

季節は、若葉萌えいずる頃で、このままずっと横になっていたとしても凍死することはあるまいが、夕暮れが近付くにつれて、じわじわ気温が下がってくるのを感じた。

だんだん腹が立ってくる。

勇司は、一度目はとりあえず連中につきあってやることにしていた。正直なところ、子供の頃から護身術には密かに念を入れて取り組んできたので、渡り合おうと思えばできないことはない。だが、連中は「ボコボコにしてやった」という事実が欲しいだけなので、うまく「ボコボコにされた」ふりをしてやれば、その後は放っておいてくれることが多い。大学に入ったばかりで、新たな社会を作ったばかり。まだ互いに様子見なので、連携も浅く、割に浅い傷で済むのである。むろん「ボコボコにされた」という演技は長年の研鑽《けんさん》の賜物《たまもの》で堂に入ったものなので、概《おおむ》ね満足して帰っていただけるのだが、今回は地力の強い連中だったのか、演技する必要のないほどだった。

あたしってかわいそう。美しくて目立ちすぎるばっかりに、こんな試練が与えられるのね。

勇司は自己憐憫に浸ることにしてみた。

が、痛みは相変わらずだし、煙草は吸えないまま。くわえたところだけ湿っぽく、だんだん唾が口角のところに溜まってきた。

唸り声を上げたところに、不意に影が差した。

え、まさか戻ってきたの？

ハッとして起き上がろうとするが、全身にヒビが入ったような鋭い痛みが弾けたので、低い悲鳴を上げてまたぐったり横たわる。

「——生きてたか」

低い声が降ってきた。

ひょい、と浅黒い顔がこちらを覗き込んだ。

あれ、この顔知ってる。勇司はそう思った。

どこで見たんだろう。同じ大学かしら。

背の高い、がっしりした男が勇司を見下ろしていた。影になっていて、表情はよく見えない。

「生憎《あいにく》とね」

その声が淡々として、全くなんの感情も含んでいなかったので、勇司は反射的に軽口を叩いていた。

「じゃあ、いい」

男はそのまま立ち去ろうとする。

「待って！」

勇司は叫んでいた。

叫ぶと今度は頭が痛み、「うう」と呻《うめ》き声が漏れた。

男が足を止め、こちらを見るのが分かる。

「救急車でも呼んでほしいのか？」

声は乾いていて、あくまで表情がない。

「違うわよ。煙草に火ぃ点けてくれる？」

勇司がそう言うと、男はしばし沈黙した。

彼も、勇司が「オカマ野郎」であることに気付いたはずである。もしかして、彼も「俺ボコ」を実践しようと考えているのだろうか。

が、少しして声がした。

「今、ライターを持ってなかった」

なるほど、ライターを探していたわけだ。

「あたしのジーンズの左のポケットに入ってる。申し訳ないけど、引っ張り出して点けてくれる？」

男がゆっくりと近付いてきた。

その均一の歩き方から、鍛えられた身体を持っていることが窺える。見るからに筋肉質だし、体育会系なのだろう。

しかし、男の印象はひどく静かだった。同じくらいの歳なのに、老成した雰囲気が漂っている。このくらいの年齢の筋肉馬鹿は、往々にしておのれの肉体を誇示しがちであるが、男にはそんな印象は微塵《みじん》もなかった。

男は静かに勇司のそばにしゃがみこみ、手際よくライターを引っ張り出すと、勇司がくわえている煙草に火を点けた。

勇司はゆっくりと深呼吸する。

肺に、頭に、全身に、煙草の香りが染み渡っていく。

「ありがと」

勇司は男に言った。

急に両目から涙が溢れてきた。

なるほど、横になって煙草を吸うと、目に来るということが分かった。これって、医学的にはどう説明できるのかしら？　やあね、悔し泣きしてるみたいじゃないの。

「早く立ち去ったほうがいい」

男はそう言うと、音もなく立ち上がった。

こいつ、相当強いわ。

勇司はそう感じた。大きな身体を、全く無駄なく動かすのが習慣になっているのだ。それがなんのためなのかは分からないが。

「そうね。ご忠告ありがとう」

勇司は小さく頷いてみせた。

ああ、おいしい。やっと吸えたわ。

「この場所はよくない。長いこと寝てると憑《つ》かれるぞ」

うん？　今なんて言った？

勇司は目をしょぼしょぼさせたが、涙は後から後から溢れてくる。

「なんですって？」

苦労して身体を横に向け、起き上がろうとしたが、そこにはもう誰もいなかった。

薄暗い、小高い丘の上の神社の裏である。いつしか、急速に夕闇が迫ってきていた。辺りの木々の輪郭もぼやけて、空に溶けようとしている。

2

「――ったく、この歳まで勇司の傷ぅ見ることになるとはな。中坊じゃあるまいし」

苦々しい声が降ってきた。

「仕方ないじゃない、人気者でお座敷が多いんだもの」

言い返しつつ、勇司は顔をしかめた。消毒薬がひときわ滲《し》みる。

「いたたた」

勇司は泣き声を出した。

この爺さんを前にすると、小学生に戻ったような気がしてしまう。

天井の高い診察室。子供の頃からさんざんここの天井を見上げてきた。古めかしい天窓。特徴ある窓枠の模様は、十年以上前から目に焼きついている。

「もうちょっと優しくしてよ。こっちは傷ついてるんだから」

「もう診療時間外だ」

壁の柱時計は八時を回っている。

日本酒と消毒薬の匂いが混じりあう。

夜陰に紛れて、よろめきつつ橋爪《はしづめ》医院に転がり込んだのは三十分前。当主は診療を終えて、既に帰りしな、一升瓶を取り出し一杯やっているところだった。といっても、自宅は同じ敷地内にあるので、どうせそちらに移動してから改めて晩酌し直すのだが。

「おまえ、そいつらを挑発しとらんだろうな」

ブルドッグを膨らませて眼鏡を掛けたような顔で、カーディガン姿の老人はジロリと目の前の患者を睨んだ。

いつもこの上なく不機嫌そうな顔をしているので（実は単なる地顔なのだが）、子供の頃はたいそうこの先生が恐ろしかったものだ。

「してないわよ、中坊じゃあるまいし」

もはや成長してこの顔に慣れてしまった勇司は、生意気にも同じ台詞で返す。

「うまくよけたつもりなんだけど、内臓は無事？」

蹴られた脇腹が、青くなり始めていた。

「のようだな。数日様子見い。変な痛みがあったらちゃんと検査してもらえ」

「若先生を紹介してよ」

「あいつは今準備で忙しい」

「え、やっぱ行くの、向こうに？」

勇司はシャツに苦労して腕を通しながら尋ねた。

「先生反対してたんじゃないの？」

「誰に似たのか頑固でな」

「そりゃ、どう考えても先生に似たんでしょ」

橋爪医院の二代目は、目下市立病院で勤務しているが、中東行きの医療ボランティアに応募していたのがばれ、そろそろ後を継いでもらいたい当主や家族に猛反対されていたのだ。

「せっかく途鎖を出られるのなら、もっと楽しいとこ行けばいいのにね」

勇司は率直な意見を述べた。

途鎖という国が特殊な状況にあり、出国するのがいろいろと難しいことは薄々気付いていた。もっと難しいのは、一度出国したあとでまた戻ってくることであり、更に難しいのは出たり入ったりを繰り返すことである。日本国外となれば言わずもがな。なので、いったん途鎖を離れると、なかなか戻ってこられないというのが実情なのだ。橋爪医院の当主たちも、そこのところが心配なのだろう。

老先生は答えない。

勇司も深追いはしなかった。

「先生、ありがとう。お幾ら？」

「おまえの親父につけとく」

「うちにはうまいこと言っといてね、ぴいぴいぎゃあぎゃあうるさいから」

勇司は唇に人差し指を当てて念を押した。

「おまえもせっかく医学部に入ったのに、いいかげん治療される側から卒業せぇ」

老先生は鼻を鳴らし、大きなぐいのみを手に取った。

「そうね。うちの弟たちは元気かしら」

「帰っとらんのか」

「まあね。お互いの幸せのためよ」

実家と——というより、父親と折り合いの悪い勇司は高校入学と同時に家を出て下宿していた。父親もそれを止めなかったのは、同じ屋根の下にいる限り、長男とのより深刻で決定的な衝突が避けられないことを承知していたからだろう。

「センセ、あたしにも一杯ちょうだい」

勇司は患者用の椅子によいしょと座り直した。

「やめとけ。怪我の治りが遅くなる」

「一杯だけよ」

勇司は勝手知ったる診察室の隅にあるサイドボードまで歩いていくと、中から別のぐいのみを取り出した。老先生が、家族には内緒でしばしばここで晩酌をしていることをよく知っていたのだ。

老先生は唸り声を上げつつも、勇司の差し出すぐいのみに一升瓶から酒を注いだ。

「傷害事件ってさ、すっごく落ち込むのよね。あたし、ホントに世間から憎まれてるんだなって思うわけ」

勇司は肩をすくめる。

冗談めかしてはいるが、これは本音だ。不安や畏れの裏返しだと分かっていても、むきだしの悪意や敵意に触れると心がざわついて、どこまでも冷たくなっていく。自分が異端であるという現実をつきつけられて、折れそうになる。

「おまえ、あっちのほうはどうだ？」

老先生は、話題を変えた。

「あっちって？」

「今も見えるのか」

「ああ」

「イロ」のことか。

勇司はいっときかなり「イロ」の萌芽があり、周囲は心配していた。小学校の頃は、専門の学校に通ってコントロールする術を習っていた。「イロ」が強いと思春期に不安定になり苦しむことになるし、将来精神疾患を併発する恐れも強くなる。

「ううん、あんまし。最近じゃ、普段はほとんど何も感じないわね」

「そうか。だったらいいが」

老先生は、珍しくホッとした表情になった。

そういえば、生傷の絶えない少年時代は、そっちでも先生を心配させたっけ。

「なあに？　何かあったの？」

何か老先生が言いたいことを飲みこんだような気がして、勇司は尋ねた。歯に衣着せぬ老先生にしてはそちらも珍しい。

「いや――そうだな」

老先生は何か考え直したらしい。

「おまえ、大学で、何か聞いてないか？」

眼鏡の奥から、小さくて鋭い目がこちらを見ている。

「何かって？」

勇司はつられたように声を低めた。

「このところ、若いもんのあいだに変な薬が出回ってるらしいんだ」

「変な薬？　ドラッグ？」

「いや、それがよく分からない」

老先生は天井を見上げた。

「先生、具体的に患者を診たの？」

「そういうわけでもない」

「何よ、歯切れ悪いわね」

「それが麻薬なのかどうかも分からないんだが――」

「麻薬じゃなかったらなんなのよ」

勇司は苛立ちを隠さなかったが、それでも老先生は言葉を選ぶようにじっと宙を睨んだままだ。

「『イロ』がなくなる。『イロ』を消せる。そういう薬だというんだな」

「『イロ』を消せる？」

勇司は思わず聞き返した。

「うむ。それで、その薬を飲んだらとても楽になったという話を耳にした」

「ふうん。それがほんとなら、ありがたいと思う人もいっぱいいるでしょうね。本当にあるのなら、ちゃんと売り出しゃいいのに。ひょっとして、まだ認可されてないとか、ヤバイ副作用があるとか？」

「分からん」

老先生は、いつもの仏頂面で、小さく首を振った。

「だが、その話を聞いたのは一度や二度じゃないんだ。ここ数ヶ月、似たような話を続けて聞いたもんでな」

「へええ。ガセにしては妙ね」

「だろ」

二人は無言でぐいのみを傾けた。

「でも、不思議ね。普通、麻薬ってのはトリップするために使うもんでしょ。刺激が欲しいとか、ずっと起きてたいとか。だけど、もしその薬がホントなら、逆なんだものねえ」

「快楽というものが何を指すのか分からんな」

「ホントねえ。だけど、心穏やかに過ごせるもんなら、あたしだって試してみたいわあ」

「やめとけ」

老先生はジロリと睨みつける。

勇司は手を広げてみせた。

「おっと、冗談よ。あたしが言ってる心穏やかってのは、誰かに神社の裏でオカマ野郎と殴りつけられない日常のことですからね」

心穏やかな日常、か。

勇司は内心呟いた。

この先、あたしの人生、そんな日が来ることがあるのかしら。

3

勇司が次にその男を見たのは、それからしばらくして、ようやく初対面の時の身体のあざが消えかけた頃のことだった。

山の斜面に造られた広大なキャンパスには講義棟が点在しており、しばしば講義と講義のあいだに教室を移動するのにかなりの労力を要する。びっしり詰まったカリキュラムを消化するためには、数学上の超難問とされる「巡回セールスマン問題」さながらの、最短経路を選択する必要があるのだ。

ひょっとして、これって、あたしたちの誰かが「巡回セールスマン問題」を解くことを期待しての配置じゃないのかしら。

勇司はテキストの詰まったバックパックを背負い、息切れ寸前の速足で緩やかな坂をリズミカルに上っていた。

と、その途中、視界の隅に何かが目に留まり、反射的に足を止めていた。

その何かを確認した勇司は、思わずぎくっとして全身が強張るのを感じた。

孟宗竹に覆われた山の斜面に、一人の男がぬっと立っていた。

背の高い、がっしりした灰色の背中。

あー、びっくりした。熊でも出たのかと思った。この辺、たまに出るって聞いてたから。

勇司は安堵のあまり、胸を撫で下ろした。改めてよく見ると、その背中に見覚えがあるような気がしてきた。

浅黒い首、短く切りそろえられた髪。

ひょっとして、あの時、煙草に火を点けてくれた彼？

勇司は少しだけ回りこみ、男の顔を見ようと試みた。

道路に完全に背を向けているので、全部は見えなかったが、横顔はなんとか見えた。

確かにあの時の男である。

男は、じっと遠いところを見ていた。その表情には何も浮かんでいない。

視線の先にあるのは——青い稜線の連なる、この国を他国から隔てている深い山々である。

山を見てるの？　あの禁忌の地を？

勇司は、なぜかその横顔から目を離すことができなかった。

突然、おもむろに男は動き始めた。孟宗竹の中にかがみこみ、根元をかきわけ、ごそごそと何かを探している。

落とし物？　それとも、山菜採り？　まさかね。

男は孟宗竹をかきわけながら、少しずつ移動していった。

いけない、急がなきゃ。

勇司は我に返り、腕時計に目をやると慌てて駆け出した。もはや、歩いていては間に合わない。

しかし、山の斜面に立ち尽くし、じっと山を見つめている男の横顔は、それ以降ずっと彼の奥の深いところに、焼きついたままになるのである。

4

いったん目に付き始めると、その男は繰り返しキャンパスの中で見られるようになった。

勇司が彼のことをはっきりと認識したせいもあっただろうが、実際、彼はキャンパス内で密かに目立っていたのだ。

決して態度が大きいわけではなく、むしろ物静かであり、本人は目立たないように行動していると思われるのだが、なにしろ身体が大きく、近寄りがたい雰囲気がある。全く愛想はないが、その顔立ちは彫りが深く、冷たいくらいに整っている。

そして、男は根っからの一匹狼らしかった。

周囲を無視しているわけではないのだが、彼の世界には誰も存在していないかのようだ。孤独でも孤高でもなく、ただ一人。野生動物が一頭、群れを離れて、サバンナで生活している。そんな光景を勇司は思い浮かべた。

大学の図書館を利用するようになると、そこにも男の姿は見られた。

熱心に文献を漁り、あきれるような集中力でそれらを読んでいる。

筋肉バカかと思ったら、お勉強も好きなのね。

勇司は、長いテーブルのひとつを埋める灰色の背中に見入った。

男を目に留めていたのは勇司だけではなかったらしい。そのうちに、ポツポツと噂が流れてきた。

男は法学部の一年生であること。すべての学部の入学者全体で、ダントツの成績で入ってきたこと。孤児に近い境遇であり、町工場でアルバイトをしていること。

その名は、葛城晃《かつらぎあきら》ということ。

ふうん、意外にハイカラな名前じゃん。

勇司は、医学部の図書室で、昼休みに学生食堂で隣のグループが話していた男の情報を反芻《はんすう》しつつ、彼の情報を貪るように求めている自分に気付いていた。

どちらかといえば、好みのタイプじゃないんだけどなあ。

苦笑しつつ、テキストを開いて顔を上げると、すぐそこに当の本人が立っていた。

一瞬、息が止まる。

あら、なんでまたこんなところに。医学部の図書室まで遠征してくるなんて、どんだけ勉強好きなんだろ。

葛城は、カウンターで司書と何事か押し問答していた。

葛城が手にした本を差し出し、司書が首を左右に振っているところを見ると、彼はあの本を借りたいのだが、司書のほうはここの書籍は医学部の学生以外には貸し出さない、と言っているらしい。

葛城は書物を手に、どうするか考え込んでいた。

思慮深げな横顔。

勇司は無意識のうちに席を立ち、彼のほうに近付いていた。

ずいぶん大胆なことをしたものだと後で思ったが、葛城の手にしている書物をひょいと取り上げたのである。

葛城は、ハッとしたように勇司を見た。

不思議な色の目。

灰色がかった双眸《そうぼう》。

そして、何か奇妙なものが見えた——

粗末な木の板が、並んで突き刺してある——

二本？　いや、三本——

墓標？

そのイメージはすぐにふっと掻き消えた。

葛城は、物問いたげに勇司を見る。

「あたしが借りるわよ。それでいいでしょ」

勇司は本を司書に差し出し、自分の学生証を載せた。

司書は肩をすくめ、貸し出し手続きをすると、勇司に本を差し出す。

「ありがと」

本を受け取った勇司は、それを葛城に渡した。

「返す時には学生証はいらないから、勝手に返しに来てちょうだい」

葛城は、本を受け取ったまま、まだぽかんとしていた。彼の無人の世界に、突如人間が現れたので驚いている、とでもいうように。

「どうして」

ボソリと呟く。

勇司はちらりと本の表紙に目をやった。

途鎖山脈上沢水系孔多集落における精神疾患症例

なんだってまたこんなものを？

「煙草の火のお礼よ。これで、借りは返したからね」

勇司は不思議そうな顔の葛城に言った。

「煙草の火？」

どうやら覚えていないらしい。勇司はほんの少しだけ傷ついた。

「氷川神社の裏よ。あたしが頼んだら、煙草に火ぃ点けてくれたでしょ」

「ああ、あの時の」

葛城はようやく思い出したらしく、目に納得の色が浮かんだ。

「すまん。助かった」

小さく頭を下げる。

あら、意外に謙虚？

「いいのよ。じゃね」

その場を立ち去りながらも、勇司はこの不思議な男と再び言葉を交わせたことの喜びが、じわじわと胸に湧いてくるのを噛み締めていた。

5

初めての学期末試験が近付いていた。

出題範囲は膨大であり、どう控えめに見積もっても、理解に要する物理的な時間が足りなかった。

途鎖大学のカリキュラムが全般的に厳しいことは聞いていたが、想像以上のハードさに、果たしてこの先ついていけるのだろうか、無事単位を取れるのだろうかと新入生たちが疑惑の念を抱いているのは確かだが、そう思っているのは自分だけかもしれないと怯えていたため口にする者はおらず、寮や学部図書室は不夜城と化した。

勇司も下宿にいると静かでついうとうとしてしまうので、図書室に出てきて血走った目の仲間と共に積み上げたテキストと格闘する。とっくに閉館時間は過ぎているが、この時期は大学側も黙認していた。

勇司もまた、別の意味で、どこにいても目立つ存在である。華奢で綺麗な顔をしていただけでなく、直感的に異質な存在だと思われるらしく、子供の頃から一方的に目の仇《かたき》にされることも多かった。が、同時に一度でも言葉を交わすとその率直な性格に惹かれる者も必ずいて、大学でも、最初は距離を置いていたクラスメイトの中にも、次第に友人が増えてきていた。

「俺、なんか涅槃《ねはん》が見えてきたような気がする」

図書室の大テーブルで勇司が解剖学のテキストを前に血管名を呪文のように唱えていると、隣にどすんと渡瀬《わたせ》圭吾《けいご》という男が座った。網元の家の子で、二浪して医学部に受かったという。見た目はタヌキの置き物に似ていて、磊落《らいらく》でもっさりしている。「そちら」の気はないが、勇司とは妙にうまが合った。彼は暗記が苦手だとこぼしており、ここ数日徹夜をしているらしい。

「あらあ、悟りを開くには早すぎんじゃないの」

勇司はテキストに目を落としたまま呟く。

渡瀬は、量が多く本人と同じくもっさりした髪の毛をガリガリとかき回した。

「ちょっと、フケ飛ばさないでよっ」

勇司が文句を言うが、渡瀬は意に介さない。

「テキスト読んでても、白昼夢が見えるっつうかさ、死んだじいちゃんがお花畑の向こうから手招きしてるのを見た」

「ふーん、藪医者になって人様を殺さないうちに、早くこっちに来いって？」

渡瀬はガハガハと笑った。

テーブルのどこかから「シッ」という叱責の声がして、渡瀬は慌てて自分の口を押さえた。

「あー疲れた。能率悪いったら。ちっとも頭に入りゃしない」

勇司は溜息をつき、首を回した。

「圭吾、煙草持ってない？」

「持ってない。ここんとこ吸い過ぎちまって、少し我慢してる」

渡瀬は喉を撫でた。確かに、ひどいガラガラ声だ。

勇司は毒づいた。

「ちぇっ。昼間、買いに行くの忘れちゃったのよ。あー、吸いたい」

広大なキャンパス内に、煙草の自販機はない。外まで行かなければならないが、そこには「巡回セールスマン問題」が立ちふさがっている。しかも、今は深夜だ。

渡瀬は、少し考えこむ表情になると、そっと勇司の耳元に口を寄せた。

「――煙草よりいいもん、あるぜ」

そう言って、ごそごそとジャケットのポケットを探る。

「ちょっと、圭吾、まさかあんたまで？」

勇司は声を低め、渡瀬を睨んだ。

数日前、勇司が深夜図書室で試験勉強をしていると、いつのまにか背後に寄ってきた男がいた。

どんよりと疲れきり、誰もが他人のことなんか気にしていない時間帯。後にして思えば、絶妙な時間帯だった。判断力も鈍り、疲労が頂点に達している頃だ。

学年は少し上のようだったが、それまで見たことのない男だった。

「すっきりする薬、あるぜ」

勇司は深く考えずに、テキストに目を落としたまま「爽やか系？　パワー系？」と尋ねた。

すると、男は一瞬間を置いて、「頭がすっきりして、一晩中勉強できる薬さ」と答えた。

勇司はそこでピンと来た。年齢不詳で、不思議と特徴のない、しかしどこかどんよりした顔。ぼやけて記憶には残らない顔だが、ザラリと危険なものを隠し持っている。

勇司は男の顔を見ず、努めて平静に答えた。

「んー、やめとくわ。煙草持ってるから」

「そうか」

男は深追いしなかった。

勇司が振り向いた時には、もうどこにも姿はなかった。

時々、錠剤のようなものを飲んでいる学生を見かけたことはある。最初は風邪薬かと思っていたが、しばらくすると、明らかに動作が大きくなっていた。じっとしていられず上機嫌になり、周囲の者に話しかける。よく見ると汗も掻いているし、たぶん瞳孔も開いているだろう。アッパー系の薬物を摂取していることは間違いない。

あの男は、こうして疲労がピークに達した夜中に「すっきりする薬」を密かに勧めて歩いているのだ。もしかすると、学生ではなく、外から入り込んだ部外者かもしれない。だとすると、もっと年齢はいっているはずだ。

勇司は、どんよりと机に突っ伏している学生たちを眺めた。まだあの不気味な男の気配が残っているような気がしたのだ。


「――ったく、医学部でクスリの売人やるたぁ、いい度胸よね。ま、考えてみりゃ供給源がふんだんにあるわけだけど」

勇司が手早くそのことを説明すると、渡瀬はしばらくぽかんとしたのち、膝を打った。

「そうかあ、確かに、夜中にやけにハイになってる奴がいるなあと思ってたら、そういうことか」

「たぶん、精神衛生科の薬を横流してる奴がいるのよ」

途鎖は、精神疾患の薬の研究が進んでいる。在色者のための国立精神衛生センターがあるからだ。日本に三ヶ所あるセンターのうち、ここが最も歴史が古い。

「へええ」

渡瀬は今度は恥ずかしそうに頭を掻いた。

「俺、単に、夜中だからハイテンションになってるのかと思ってた。ほら、修学旅行で枕投げするみたいなもんかと」

勇司は苦笑した。

「やっぱりあんたは医者に向いてるとは思えないわ。さっさと涅槃のじいさんのところに行きなさい」

渡瀬は首をひねった。

「俺は一度も勧められたことないなあ。どうしてだろ」

「少なくとも、売人には見る目があるってことね」

こんな奴に薬を勧めたら、「これは何だ?」「どこから仕入れたんだ?」などと大声で触れ回られるに決まっている。あいつは、声を掛ける相手も、タイミングも、用心深く選んでいた。売人経験が長いのは間違いないだろう。

ふと、勇司は春先に橋爪医院の老先生から聞いた話を思い出した。

「イロ」を抑えられる薬。

つまり、ダウナー系ってことか。少なくとも、あの男が売って回ってたのはそれじゃない。すっきりする、は通常アッパー系を指す。

「俺の『いいもん』はこれだよ」

渡瀬は、ポケットから青いプラスチックのボトルを取り出した。

「はい、手ぇ出して」

渡瀬は勇司の掌に、ボトルの中の白いものを振り出した。

コロコロと転がる白い塊。

「何よ、これ？」

「ラムネだよ。懐かしいだろ。すっきりするぞ」

渡瀬はニッコリ笑うと、自分の口の中にラムネを放り込んだ。

6

なんとか初めての試験の山を乗り越え、学生たちは悲喜こもごもの初夏を迎えた。

解放感も手伝ってか、単純に時間ができたせいか、また口さがないゴシップがいろいろと流れ始める。

ここいちばんの話題は、キャンパス内の目立つグループが、葛城晃に目をつけているという噂だった。

新入生の作るグループの中で、最も目立っているのは、藤代有一《ふじしろゆういち》という、親や親戚が皆議員という男が中心になっているところだった。すべてにおいて尊大な感じのする男で、妙な存在感と威圧感がある。何かをやらかす時には裏から糸を引いて誰かにやらせ、絶対に自分の手を汚さないタイプだ。

一緒につるんでいるのも、それなりに親が有名だったり、富裕層だったり、どうやら良家のご子息の集まりのようで、つまりはキャンパス内のヒエラルキーでは上位に属するという自覚があるらしい。

実は、春に勇司を「俺ボコ」に掛けたメンバーは、ほとんどがこのグループに含まれていた。お上品なふりをしている割に、陰では良家のご子息にふさわしくない行為をしているようで、他にも「気に入らない」奴や、「目障りな」奴を神社の裏に呼び出しているという話だ。

つまりは、現代社会を凝縮したような「現実的」な集団であり、言い換えれば途鎖国内においては出世頭というわけで、当然ながら、女子学生や、近所の私立の女子大の学生もこのグループに引き寄せられてくる。

いつしか、藤代グループは最も華やかで大きなグループとなっていた。むろん、勇司はなるべく遭遇するのを避け、めったに近寄ることはなかったが。

そのグループの目の上のたんこぶになったのが、葛城だった。

初夏を迎えても、葛城は相変わらず一匹狼だった。誰かと歩いているのを未だかつて見たことがないし、やはり図書館に日参しては、ひたすら夜遅くまで文献を読み漁っているようだった。

医学部図書室の司書が何も言ってこないところをみると、勇司を通して借りたあの本も、ちゃんと期限内に返したらしい。正直に告白すると、彼が期限を越えて借りたままになっているのを督促しに行く、というシチュエーションを密かに期待していたのだが。

問題になったのは、藤代グループに参加している女子学生の綺麗どころ何人かが、葛城をカッコいいと言い出したことらしい。

さすが、女って目敏いわねえ。

勇司はおかしなところに感心した。

いったいどこで見かけたのかしら。ほとんどを講義と図書館で過ごしている一匹狼に、あまり遭遇する機会のなさそうなあの子たちが目をつけるなんて大したもんだわ。

確かに、ストイックな男というのは、いつの時代も女を惹きつけるものだ。しかも、成績優秀で容姿が優れているとなれば、女が寄ってくるのはいたしかたない。

今日びの女子学生は積極的だった。

幾人かの女の子がキャンパス内で彼を探し、果敢に接触を試みたのである。

勇司もたまたま見かけたことがあるが、彼の行く手を塞ぎ、時には腕に手をからめるという実力行使にも出て、お茶やお昼に誘っているようだった。

なにしろ、彼が他人と話しているところ自体珍しい。

誰もが遠巻きに興味津々で見守っているのが分かったが、結果は撃沈だった。

葛城は相好を崩すどころか全く表情を変えず、二言、三言であっさり誘いを断った。にべもなく立ち去った男の背中を見送り、取り残された女子学生があぜんとしているのを見て、勇司は笑いを嚙み殺した。

いやはや、ケッサクな男じゃないの。

このトピックスには、まだ続きがあった。

酸っぱいブドウの故事のごとく、「あんな変人」で済ませればいいものを、女には女のプライドがあるらしい。

いつも藤代有一と一緒にいて、一応「彼女」だと目されていた、最も華やかで綺麗な女の子が乗り出した。なんでも、市内の大きな病院の一人娘だという話である。

彼女は、葛城に堂々と「おつきあい」を申し込んだらしい。

今度はどうなることかと思ったら、なんと、彼女の申し出は受け入れられたらしく、葛城と彼女が一緒に歩く姿が、しばしばキャンパスの内外で目撃された。

このニュースは、キャンパス内で衝撃を持って受け止められた。

勇司は、多少なりとも幻滅せずにはいられなかった。

やっぱり奴も男だったのだ。しかも、単なる面喰いだったとは。

女の子は勝利の笑みを浮かべ、見せびらかすように二人でキャンパス内を練り歩いた。

もっとも、葛城のほうは別に楽しそうでもなく、あくまで淡々とした様子を崩さなかったが。

つまらない。

勇司は、葛城への関心を失った。

しかし、藤代グループのほうは、そういうわけにはいかなかった。自分たちの女を取られた、もしくは、自分たちの面子《メンツ》を潰されたと考えたとしても無理はない。よって、彼らが葛城に対して「俺ボコ」を実施する日は近いと考えられていたのである。キャンパス内には、不穏な空気が立ち込めた。

だが、このトピックスは意外な形で終わりを告げた。

いっときはいつも彼女と一緒にいた葛城が、ある日一人になっていた。そして、まるで何もなかったかのように、以前と同じ一人での生活に戻ったのだった。

あんなに勝ち誇った笑みで闊歩《かっぽ》していた女の子が、いきなり姿を見せなくなったのだ。

藤代有一のグループに戻ることもなく、文字通り、二度とキャンパス内に姿を現さなかったのである。

やがて、また、どこからともなく噂が流れてきた。

現在、女の子は、父親の病院の、誰にも見られない個室で治療中である、と。

女の子は、葛城が陥落したことを確認すると、彼をあっけなく捨てた。しかし、彼女に夢中になっていた葛城は、そのことに激怒し、彼女に罰を与えた。彼女に残酷な暴行を加えたのだ。それも、顔をひどく傷つけるという最悪の形で。彼女は精神的にもショックを受け、口もきけなくなった。

だから、彼女は病院の一室に閉じこもったまま、二度と人前には出てこられないだろう――

噂にはいろいろな尾鰭《おひれ》が付いていたが、女の子が二度と現れなかったのは事実で、少なくとも入院加療中であるというのは、同じ女子大の女の子が、彼女が休学中であることを認めたので確からしかった。

そうなってみると、相変わらず平然と無表情に勉学にいそしむ葛城の姿がなんとも気味悪く見えてくるから不思議なものである。

夢中だった恋人が入院中ならば、もう少し淋しそうにするとか、打ちひしがれるとかしてもいいはずなのに、そんな気配は全くなく、見舞いに行く様子もない。

暴力男なのか？

勇司は、再び興味を持って葛城を観察した。

普段のあの冷静さは、時に女に対する暴力や、抑えがたい怒りに中断されるのだろうか？　もしかすると、彼にはふたつの貌《かお》があるのではないか？

周囲に囁かれる噂や好奇心に満ちた視線をよそに、当の葛城本人は、全く動じることなく、一人の世界に充足しているように見えた。

7

外に出ると、むっと湿った空気に雨の匂いがした。

あーあ、降ってきちゃった。

勇司は舌打ちしつつ折り畳み傘を広げた。

ふと、やはりスーツケースを抱えて近所から出てきた人影が、空を見上げてごそごそ傘を取り出すのを見つけて、声を掛けた。

「若先生」

中肉中背の背中が反応し、足を止める。

銀縁眼鏡を掛けた、柔らかな笑顔が振り向く。

「おう、勇司か。久しぶり。大学、慣れたか」

懐かしい声。

勇司の初恋の相手である。相手がそのことを知っているかどうかはわからないが。

橋爪医院の跡取り、橋爪肇《はじめ》である。

彼も苦労しながら門のところで傘を広げた。

「噂には聞いてたけど、大変。地獄の期末試験が終わったとこ」

「珍しいな。家に戻るなんて」

肇は勇司のバックパックに目をやった。

「大学の寮に空きが出たんで、引っ越すのよ。保証人のハンコが必要なもんで、渋々ね」

勇司は隣に並んで歩きながら肩をすくめた。

そう、やっぱあたしの好みはこういう癒し系よね。

「寮生活はプライバシーがないぞ」

「いいのよ。学業に専念する。今回の期末試験でも分かったけど、結局ガッコで勉強してるから、あんまり下宿にいないの。下宿代がもったいないわ」

「確かに。勇司は外科志望だっけ?」

「うん。自分でも、結構切った張ったが向いてると思うの。子供の頃から生傷絶えなかったし」

肇はちらりと勇司を見た。

勇司が子供の頃から同性から受けてきた仕打ちを、彼もよく知っていた。

「早く一人前になって、若先生みたく海外に行きたいな」

肇はもう一度勇司を見た。

「知ってたのか」

「みんな知ってるわよ。老先生が愚痴ってるからね」

「親父が？」

「心配してるわよ。本音を言えば、危険なところなんか行かずにもう後を継いでほしいと思ってる」

「俺には何も言わないよ」

「でしょうね」

ぶらぶらと市電の通りまで歩く。

「いつ発つの？」

勇司はスーツケースを見て尋ねた。海外での暮らしを始める割には、小さい荷物のように思えたのだ。

「いや、発つのはもう少し先だよ。これは、あちこち面倒な手続きが必要なんで、それ専用。なにしろ、馬鹿みたいに大量の書類が必要なんでね」

「えー、まさか、この中、全部書類なの？」

「半分以上がそうだ」

「そんなに面倒なんだ」

「途鎖を出るのも手間が掛かれば、途鎖から出た人間が更に日本を出るのも手間が掛かるのさ」

「やだ、萎《な》えちゃうなあ。あたしもいずれ途鎖を出たいと思ってるのに」

肇は一瞬黙り込んだ。

途鎖を出たい。若者なら誰でも一度はそう思うだろうが、そう言い出すのはなかなか勇気が要るし、途鎖にはその勇気を必要とするだけの重力がある。

「若先生、市民病院行くの？」

「うん。ちょっと寄ってく」

「じゃあ、あたしも大学への途中だから、『ブルボン』でナポリタンおごってよ」

「ん。いいね」

『ブルボン』は市役所通りの角にある、人気の喫茶店だ。モーニングの時間はとっくに終わっているが、まだお昼の時間には早く、比較的空いていた。

「ねえ、若先生の頃も、売りに来た？」

勇司は気になっていたことを聞いてみた。

「売るって何を？」

肇は怪訝そうな顔で尋ねる。

勇司が医学部図書室でのことを説明すると、肇はじっと聞いていたが、やがて渋い顔で中途半端に頷いた。

「まだそんなことやってる奴がいるんだな」

「やっぱり、若先生の頃もいたのね」

二人は声を潜めた。

「うちには国立がある」

肇はぽつんと呟いた。

国立精神衛生センター。地元ではただ「国立」と呼ばれている。

「国立は予算枠が大きい。しかも、『イロ』に関する薬はすべて保険が利く。製薬会社にとっては、打出の小槌みたいなもんだ。治験用の薬も、新薬も、毎日大量に持ち込まれる。国立には治験対象者がたっぷりいて、いくらでも試せる。研究者のほうもデータを取れる。両者は常に蜜月状態だ。倉庫には大量の試供品がある。いつの時代も、それを有効活用しようと思う奴がいるのさ。なにしろ仕入れはタダなんだから、学生相手にちまちま売っても、売ればまるまる儲けになる。小遣い稼ぎにしては馬鹿にならない額だろう」

「じゃあ、あの薬は国立から来るの？」

「出所が分からないようにいろいろ迂回してると思う。俺の頃は、大学病院じゃないかって気がしたんだが」

「もうひとつ、老先生に聞いたんだけど」

勇司はダウナー系の薬が出回っているらしいという話をした。

「ふうん。聞いたことないな」

肇は首をかしげた。

「だけど、もし薬が効いていれば、目立つアッパー系と違って、傍目《はため》には分からないかもしれない。あるいは、薬が効いているあいだは外に出ないで家でひきこもってるかもしれないから、これも傍目には分からない」

「そっか」

「親父は誰からその話を聞いたんだろうな」

肇は腕組みをした。

「ダウナー系の薬が効いたことが分かるってことは、そうでない状態のことも知ってるってことだ。親父が長いこと知ってる、かかりつけの患者の誰か――恐らく、在色者の子供を持ってる親だろう」

「なるほど。あら、それってうちの親もそうじゃない」

「勇司はその薬を飲んだことあるのか？」

「ううん。あたし、薬大嫌いだもん。煙草とお酒があたしの薬」

「どうなんだ、そっちのほうは？」

「イロ」のことだ。肇は老先生と同じ表情をして、同じ質問をした。

「最近は全然よ。めったに感じない」

「そうか」

肇はやはり老先生と同じくホッとした顔になった。

ふと、図書室で葛城に本を渡した時に見た映像が蘇った。

粗末な木の墓標らしきもの。

あれが、最近ではいちばんはっきり見えた映像だ。

あいつ、孤児に近い境遇だと聞いたけど、まさか、あれが家族の墓だったりするのだろうか。だとすれば、相当に貧しい幼年時代だったということになる。しかも、あんなありあわせの墓。非常事態での死だったとしか思えない。

「老先生とも話したんだけど、在色者が『イロ』を抑える薬を飲むんなら、別に隠れて飲むことないのにね。それこそ、保険が利くんだし」

「そうでもないんじゃないか」

肇は真顔で言った。

「中には在色者だということを極力知られたくない人もいるだろう。特に、『イロ』があるかどうか微妙なラインにいる人や、後から力が出てきた人なんかは」

「そんな人、いるの？」

在色者は大体子供のうちに分かるし、登録し、トレーニングをする。あるいは、均質化手術を受ける。成人してからは力が衰えることが多く、成人後に在色者だと分かったという話は聞いたことがない。

「実は、結構いるらしい。そういう人は、手続きが面倒だから、隠しているか、こっそり薬を飲んでいるかどちらかだ」

在色者は、ある程度の強さになると、これまで受けてきた治療の経歴などを登録しなければならない。

「へえ、知らなかった」

ここは在色者が多すぎる。

それも、勇司が途鎖を出て行きたい理由のひとつだ。

「若先生、出発する日が決まったら教えてね。壮行会しましょ」

「うん。必ず連絡するよ」

二人は運ばれてきたナポリタンをたいらげることに集中した。

8

キャンパスの中腹、奥まったところにある二棟の寮では、八十人ほどが暮らしている。一応個室であるが、一部屋が妙に細長く、あまり使いやすいとはいえない。しかし、窓の外の眺めは眼下にキャンパスの緑が見渡せ、壮観だった。ここから通路を眺めていれば、「巡回セールスマン問題」の解決も近いわね。あまり物に執着しない勇司の荷物は少なく、引っ越しに大した手間はかからなかった。二階の角部屋。

挨拶代わりに、隣の男に煙草をひと箱贈呈する。理工学部三年という斉木《さいき》は、物静かで勇司の姿を見ても動じる様子がなく、感じがよかったのでホッとする。部屋に少ない荷物を納めると、勇司は早速自分でも一本煙草に火を点けた。

窓を開け、桟に腕を載せるようにして一服する。

と、寮の一階の裏口のほうに、誰かが立っているのが見えた。勇司の部屋のある角とは反対側のほうである。

少し離れているので、最初は誰か分からなかったが、動いたのを見ると、それは葛城晃だった。

立ち話をしていたらしく、もう一人が建物の陰からすっと歩き出し、坂道の茂みの中に消えていく。

あれ？

勇司は目を凝らした。

その歩き去った男が、学期末試験の時、勇司にクスリを売りつけようとした男に似ているような気がしたのだ。

まさかね。

だが、長めの髪に長身で、何よりあの時着ていたのと同じダンガリーシャツのように思える。

葛城と関係があるのかしら？

そう考えると、嫌な気分になった。しかも、裏口での立ち話とはいかにも怪しい。

ふと、奇妙な考えが頭に浮かんだ。

葛城はダウナー系の薬を服用しているのではないか。それで、普段はおのれの凶暴性を抑えているのでは？

消えた女の子についての噂は、すっかり下火になっていた。今は、誰もが彼に対する関心を失ったように見える。

勇司は部屋を出て、玄関に向かった。

一列に並んだ郵便受に、自分の名札を入れに行ったのである。

なんとなく他の名前を見ていると、「葛城」の名前が入っているのが目に留まった。

あいつ、寮生だったのね。知らなかった。

初めて見る字は、意外に几帳面だった。

ふうん。こんな字、書くんだ。

彼の部屋は、一階の真ん中辺りだった。

一階の廊下を歩いてみる。もちろん、その部屋の扉は閉まっていて中は見えない。

勇司はそのまま通り過ぎ、さっき見た裏口に行ってみた。裏口の扉は閉まっていて、内側から鍵が掛かっていた。

葛城といたあの男は、寮生ではない気がする。やはり外部から彼に会いに来たと考えるのが自然だろう。

自分の部屋に戻りながらも、勇司は自分の行動が不可解だった。

何をやってるんだろう、あたしは。

手にしていた煙草は、とっくに燃え尽きていた。

9

他人のことは気にしないと決めたものの、それでもやはり、同じ寮に住んでいるとなると、葛城の行動は嫌でも目についた。

彼の生活は、判で押したようなものだった。

早朝、彼は山の斜面をジョギングする。雨の日も風の日も、みっちり一時間ほど。それから朝食を取り、授業に出る。その合間は図書館。夕食の後も図書館。サークル活動も、野外活動もなし。ただ、週に三日ほど、半日くらい出かけている。町工場にアルバイトに行っているのだ。

驚いたことに、彼は奨学金を貰っているわけではなかった。孤児だというし、あれだけの成績であれば、幾らでも貰えたと思うのだが。

親の遺産でもあるのだろうか。あんな粗末な墓標しか残せないのに? それとも、賠償金の類だろうか?

勇司は、繰り返しあの時見た映像が蘇るのに戸惑った。

それは、ほんの偶然だった。

たまたまその日その時、その場所に居合わせなかったら、勇司がそれを目にすることはなかっただろう。いや、勇司だけでなく、誰も目にすることはなかったのだ。

キャンパスの本部近く。校舎のひとつで、長いこと外装修理工事をしていて、外側に幅一メートルほどの足場が設けられていた。

午前中は作業員が足場の上で外壁を塗っているのが見えたが、休憩なのか引き揚げていて、今は無人だった。

校舎の窓を開ければ、中から足場に出ることができる。

講義の休み時間らしく、四階の窓から外の足場に立って、スリルを味わう数人の男子学生の姿が見えた。どうやらそれは、藤代グループのメンバーのようである。

全く、どうして男ってああなのかしらね。

勇司はその様子を少し離れた人気《ひとけ》のない石のベンチに座って見ていた。他の学部はもう夏休み気分だったが、勇司たちはまだまだ補習があって、今も次の講義に向かう合間に寸暇を惜しんでレポートを書いている最中だった。

そこに、スッと通りかかった人影があった。

葛城である。

いつものように、彼は自分だけの世界の中を歩いていた。

修理をしていた校舎には複数の校舎が隣接していて、通路は他のところよりも狭かった。

頭上に足場の張り出した、修理中の校舎の下に差し掛かる。

足場に立っていた藤代グループの男二人は、葛城に気付いた。

勇司はマズイな、と感じた。

二人が顔を見合わせ、かすかに笑うのが見えたのである。

一人が窓に手を伸ばし、植木鉢を手に取った。

窓辺に並べられていた、くたびれた植物が植えられている、子供の頭ほどもある植木鉢を。

勇司は、二人が何をしようとしているのかすぐに悟った。

あれを葛城の上に落とすつもりなのだ。

よしなさいよ。

勇司は心の中で叫んだ。

そんなもん落としたら、下手したら致命傷になりかねない。

しかし、男たちは自分たちが殺人行為に手を染めているつもりはないらしかった。

にやにや笑いを浮かべ、足場の上を移動し、葛城の頭上で植木鉢を持つ手を離したからだ。

「あぶないっ」

勇司が叫んで立ち上がったのと、バシンという音がしたのは同時だった。

一瞬、何が起きたのか分からなかった。

勇司は目をぱちくりさせた。

次の瞬間、葛城は立ち止まり、頭上を見上げていた。

えっ？

勇司は腰を浮かせたまま、じっと彼を見つめていた。

地面には、粉々になった植木鉢と、中から飛び出した土が散らばっている。

葛城は、平然としていた。

どう見ても、あのまま植木鉢が落下したら、彼の頭を直撃していたはずだった。

しかし、一瞬にして植木鉢が消えた——いや、植木鉢が爆発したみたいだった——葛城の頭にぶつかって砕けたのかと思ったが、彼の頭にぶつかる前に砕け散ったのだ。

葛城は地面に砕け散った植木鉢を見、それから頭上を見上げた。

足場から身を乗り出し、呆然と下を見下ろしている二人の男を見る。

両者の目が合った。

葛城は無表情だった。驚きも、怒りも、何も浮かんでいない。

が、ほんの少しだけ、その灰色の目が見開かれたように見えた。

がくん、と足場が揺れた。

「うわっ」

足場の上の男二人が悲鳴を上げる。

突然、足場を結わえていたロープが切れた。

勇司は、それを見た。

足場を柱にしっかり繋ぎ留めていた太いロープが、次々と破裂するように砕け散っていくのを、まるでスローモーションを見ているかのように。

たちまち足場は支えを失い、ぐらりと外側に倒れこんだ。

乗っていた二人は慌てて柱をつかんだが、それももはや校舎の壁面から離れようとしていた。

最初はゆっくり――あとは加速する。

凄まじい大音響と共に、校舎の壁面に沿って立てられていた足場が崩れ落ちた。

その音に、遠くを歩いていた人々が足を止め、悲鳴を上げてそちらを指さす。

足場を作っていた羽目板、鉄パイプを組み合わせた柱が雷のような音を立て、雪崩《なだれ》を打つように崩れ落ちてきたのだからたまらない。乗っていた二人はそれらの中に巻き込まれ、地上に崩れ落ち、埋もれて見えなくなった。

「大変だ」

「誰か落ちたぞーっ」

あちこちで悲鳴が上がり、誰かが駆け寄ってくる。

しかし、勇司は一歩も動けなかった。

ヘルメットをかぶった作業員や、大学の職員がバラバラとこちらに向かってくるのに、一人悠然と離れていく、葛城の後ろ姿をじっと見送っていたからだった。

10

結局、勇司は自分が目にしたことを誰にも話さなかった。

とうてい信じてもらえるとは思わなかったし、勇司自身半信半疑だったからだ。それに、誰かに目にしたことを打ち明けたが最後、あっというまに周囲に広まるだろうし、巡り巡ってそのことが葛城にも伝わってしまうことになる。

勇司がその瞬間を目撃していたことを、なぜか本人に知られたくなかったのである。

あんなにも凄まじい在色者を、彼はこれまでに見たことはなかった。

あれに匹敵するのは、子供の頃に通っていた、「イロ」を持つ子供のための教室を主宰していた屋島風塵《やしまふうじん》くらいだろう。もっとも、勇司は実際に先生の「イロ」をまともに見たことはなかったが。

あいつ、あれだけのパワーを発揮して、反動はないのかしら？

それが真っ先に浮かんだ疑問だった。「イロ」を使ったあとの反動は凄まじく、その苦痛が在色者の犯罪に対する抑止力になっているほどだ。「イロ」が強い子ほど、反動のつらさから均質化手術を受ける者も多い。

なのに、葛城はケロリとしていた。

翌日も普段通り朝からジョギングしているのを見かけた時は、仰天した。

あれだけのことをやっておいて、あんなに平然としているなんて。

子供の頃、誰かの夢やイメージに反応するたび、激しい頭痛や発熱で寝込んでいたことを思い出すと、ますます信じられなかった。

そんなことが有り得るだろうか。あれほどの力があって、反動もないなんてことが？

繰り返し、ロープが砕け散る映像が蘇る。

あたし、ひょっとして、勉強疲れで白昼夢でも見てたのかしら。

しまいには、自分の目が信じられなくなったほどだった。

足場の崩落に巻き込まれた二人は、重傷を負った。今年の夏休みは病院で過ごすことになるだろう。事故原因は、足場の強度が不十分だったということになったらしいが、現場の作業員からはそんなはずはない、午前中の作業でも全く問題なく、ゆるんでいる兆候もなかった、と反論があったという。

しかし、実際に足場が崩れたのは事実なので、そんな声もうやむやになったらしい。

足場を固定しているロープが切れていたことに、人為的なものを指摘する声もあったが、証拠は見つからなかった。作業員以外立入禁止である足場に乗った負い目からか、二人が建設会社を訴えるという声もなく、なんとも中途半端な幕切れとなった。

あの状況で、落下した二人が、葛城が関与していたことに気付かないはずはなかったが、どちらもその件については口を閉ざしているらしく、事件に葛城が関係していたという噂はついぞ聞こえてこなかった。

恐ろしいからだろう。

勇司はそう確信した。

二人は、自分たちが命拾いしたことを悟ったのだ。その気になれば、葛城が自分たちなど瞬時に抹殺できるということを、あの瞬間、二人とも悟ったに違いない。今も病院のベッドの上で、自分たちが世にも恐ろしい相手にちょっかいを出そうとしていたことを、身に染みて感じているはずだ。そして、今後は、彼の半径十メートル以内に決して近付こうとはしないだろうということも。

むろん、今は勇司もそのことを知っている。

これは誰かに知らせるべきことなのだろうか？

勇司はしばし自問した。

葛城は、屋島風塵のように政府の管理下に置かれてもおかしくないほどの在色者であることは間違いない。だが、知らせてどうする？　誰に？

　答えは明確だった。

　誰にも教えない。

　自分だけが彼の秘密を知っている、ということに、勇司は人知れず満足感を覚えていた。いざとなれば彼を告発できる——自分はそんなことをしないだろうと知っていたが——その事実は不思議な安心感を与えてくれたのだ。

　しかし、噂というのは面白いものである。

　夏休みも終わる頃、キャンパス内には、新たに葛城に関する噂が流れ始めていた。

　あの男は、山に棲《す》んでいた、と。

　山から下りてきたのだ、と。

　噂というのは興味深い。

　勇司は改めてそんなことを思った。葛城があの男二人に「イロ」を使って危害を与えたことは誰も知らないことだったはずだ。しかし、なぜか建設会社を訴えようともせず、頑《かたく》なに口をつぐんでいる二人の様子から、無意識に葛城との関係を疑っていた者がいたのだろう。

　意識下にある願望や真実は、人の口を使って顕れるのだ。

「山」というのは、途鎖の人々にとって、常に畏怖の対象だった。聖地であると同時に、禁忌の場所でもあった。そこからやってきた、というのは彼らが葛城に対して畏怖を感じ、触れてはならないものを感じ取っていたということだ。

火のないところに煙は立たない、っていうのはこういうことなのね。

勇司は人々が無意識のうちに――恐らくは本能で、危険な真実を察知する嗅覚に感心した。

11

そして、秋風が吹き始めた頃、勇司はまたしても、葛城がキャンパス内の山すそで、じっと遠くを見つめているのに出くわした。

初めてここで彼を見かけたのと同じ場所だ。

それにしても、あたしとあの男って、何か因縁があるのかしらん。単にあたしが彼に注目してるから、こういう場面に出くわすのかしら。

最初に見た時と同じように、彼は孟宗竹の茂みの中に、広い背中を見せてじっと立っていた。

何を見ているのだろう。

山？　あの噂が本当かどうかはともかく、山のほうを見つめていることは確かだ。

勇司は、彼の表情を読もうと奮闘したが、例によって見事になんの感情も顕れていない。

懐かしの我が家があるんなら、もうちょっと郷愁が漂ってたっていいのに。

そう思った瞬間、粗末な墓標の映像がパッと頭に蘇る。

そんな目をしているのは、あの墓標のせいなの？

勇司はそう問い詰めてみたかったが、よもや口に出せるはずもない。

じれったく思っていると、葛城はすっと動き出した。

やはり前見た時のように、ごそごそと足元で何かを探している。

いったい何を探してるんだろう。何か落とし物でもしたのかしら。このへんに途鎖藩の埋蔵金があるって伝説は聞かないけど。

しばらく見守っていたが、何かを見つけたふうでもなく、葛城はじきにどこかに見えなくなってしまった。

完全に彼がいなくなったのを確かめてから、勇司は彼がいた場所に足を踏み入れてみた。

彼がしていたように、足元を覗いてみるが、雑草が生えているばかり。

孟宗竹はチクチクとして痛いだけで、歩きにくいことこの上ない。

長袖でないとダメね。

ヒントになるようなものは見つからなかった。

身体を起こした瞬間、ふと、勇司は自分が一人ではないことに気付いた。

「──何かいいもの見つかったか？」

そう声を掛けられ、文字通り飛び上がった。振り向くと、そこにのっそりと葛城晃が立っていた。ほんの二メートルほどのところに。

いつのまに。

勇司は冷や汗を感じた。

こんなにでかい図体なのに、全く気配を感じなかった。すぐそばにいたなんて。

「いやっ、その、あたしは」

勇司はしどろもどろになった。

葛城は相変わらず無表情で、特に気分を害している様子でもない。

「あんた、前にもここでごそごそなんか探してたでしょ？　それで、何探してるのか気になっちゃって、その」

「前にも？　見てたのか」

葛城は少しだけ眉を吊り上げた。

砕け散ったロープ。

不意に、強力な在色者と至近距離で相対しているのだと意識する。

勇司は、自分の無防備さにゾッとした。もし彼がその気になったら、ひとたまりもない。

灰色の目が自分を見つめている。

勇司は動けなくなった。全身にどっと冷たい汗が噴き出してくる。

「これさ」

勇司は、葛城が、新聞に包んだ何かを差し出しているのに気付くまでしばらくかかった。

「え？」

新聞に包まれた野草の包み。

「誰も採らないみたいだが、この辺り、結構山菜が採れる。これからの時季は、きのこだな」

「きのこ？」

勇司は間抜けな声を出し、新聞の中で束になっている野草を見た。こういうのに全く詳しくないので、ただの雑草にしか見えない。

葛城は、肩をすくめた。

「俺は田舎育ちなんで、詳しいんだよ。馬鹿にしたもんじゃないぜ。料亭なんかに持っていくと、結構いいカネになる」

「馬鹿にはしないけど――年寄り臭いわね」

葛城は声を出さずに笑った。勇司は安堵のあまり、へなへなと腰が抜けそうになるのを必死にこらえた。

ふうっと溜息を漏らす。

「なんだ、そうだったのか。途鎖藩の埋蔵金でも埋まってるのかと思っちゃった」

「そんなもんがあるのか？」

「ううん、あたしが勝手に想像してただけ」

「この場所、黙っててもらえるか？　山菜の群生地っていうのは、年寄りは一人で採りに行って誰にも教えないものだからな」

「言わないわ。山菜、興味ないし」

「そいつはよかった」

葛城は、薄い笑みを浮かべると、くるりと背を向け、悠々と立ち去っていった。

孟宗竹のしげみにぽつんと残された勇司は、なかなか動悸が治まらないのを意識していた。

あいつ、あたしの感じた恐怖を見破っていただろうか？

深い安堵に包まれながらも、勇司はしばらくその場を動くことができなかった。

12

入学して半年が過ぎ、そろそろ慣れてきてもいいはずなのに、あいかわらず医学部のカリキュラムは厳しかった。噂によると、それなりに講義についていけるようになったこの頃、一年生には更にボリュームを増やして負荷を掛けるらしく、いよいよロクに眠る暇もない日が続く。

現場主義を貫く途鎖大学では、秋から実習も始まっていた。往診、診察、処置、手術。もちろん、入学してたかだか半年やそこらの一年生が使えるはずはないから、助手の助手という扱いだが、殺気立った現場で医師や看護師からの怒号の嵐に見舞われる。寮に移ったことが、勇司の数少ない成功体験になりそうだった。連日連夜、部屋に辿り着くのが精一杯なのに、そのうえ遠くから通学するなんて眩暈《めまい》がする。

キャンパスを囲む山の斜面も、徐々に色が消え、冬枯れの相を呈する中、殺伐《さつばつ》とした雰囲気が漂う医学部の図書室は、不夜城が常態と化した。

渡瀬圭吾の様子がおかしいことに、勇司をはじめ周囲が気付いていた。

彼が持つ、本来の磊落さが影を潜め、ぼんやりとして存在感がない。何より、顔から表情が消えてしまっている。

「――俺、大学に入るのにぜんぶ能力使い果たしちまったのかなあ」

勇司は、昼食で一緒になった時に、ぼそりと呟くのを聞いて、不安を感じた。

ドロップアウトの恐怖は、そこここで囁かれているが、圭吾は本気で講義と実習についていけないと感じているらしい。

「ちょっと、あんた二浪もして粘ったくせに、あきらめんの早すぎじゃない？」

勇司はわざとぶっきらぼうに言った。

「今が正念場よ。先輩だってそう言ってた。ここでふんばれば、もうじき楽になる。頼むから、その景気悪い能面みたいな顔、やめてくれる？」

圭吾は切り返す気力もないのか、弱々しく笑うだけである。

「大丈夫かな、圭吾」

「俺も人のことは言えないけどなあ」

「ちょっとあれはヤバイんじゃないか？」

友人たちは幽霊のように教室を出ていく圭吾を見て、ボソボソと囁きあった。

なんとか持ちこたえてくれればいいんだけど。

勇司は圭吾の背中の薄さに、嫌な予感がした。

13

ぼちぼち師走の声を聞こうかという頃、中東に発つ橋爪肇の壮行会が、市内の馴染みの小料理屋でこぢんまりと行われた。

「つーか、若先生、まだ途鎖にいたとは思わなかったわー」

勇司は肇のグラスにビールを注ぎながら、軽口を叩いた。

寮と大学との往復で全く実家とは連絡も取っていなかったので、とっくに出発しているのだろうと思っていたのだ。

肇は苦笑する。

「俺も、途鎖を出るのにこんなに時間がかかるとは思わなかったよ」

「ほんとに面倒臭いのね、途鎖を出るのって」

「うん。覚えとけよ。準備始めてから最低二年はかかるって」

「うへー」

グラスを持つ肇の左手薬指に新しい指輪が嵌《は》まっているのに気付き、勇司は胸の奥が鈍くうずくのを感じた。

肇の向こう側に、小柄でしっかりした雰囲気の女性が同じ指輪を嵌めて座っている。

出発前に入籍し、一緒に中東に行くのだという。

彼女も医者で、小児科の専門医らしい。

ちぇっ、これで完璧に失恋ってわけね。さよなら、あたしの初恋。

勇司は半ばやけくそで、自分のグラスにもどぼどぼとビールを注いだ。

「老先生は？」

座敷を埋めているのは、ほとんどが肇の同僚で、家族の姿はない。

「身体に気をつけろって」

「まあ、それくらいしかアドバイスしようがないわよねえ」

「彼女のことはすごく気に入ってくれたんだけどね。そうしたら、今度は彼女のほうが心配になったらしい。危険な場所に嫁さん連れてくとは何事だって」

「言ってやれば。愛さえあれば平気だって」

「あはは。向こうの親もよく送り出してくれたよ」

「彼女の意志が固かったからでしょ？」

「まあね」

あーあ、若先生についてきて欲しいって言われたら、あたしだってついてくわよ。海外で一緒に仕事できるなんて、羨ましいなあ。

勇司は心の中で愚痴る。

「相当絞られてるな」

肇は、やつれた風情の勇司の顔をしげしげと見る。

「ノイローゼ寸前の連中がいっぱいいるわよ」

「途鎖大医学部のシゴキは有名だからな」

「あれに耐えてきたっていうだけでもOBを尊敬するわ」

勇司はグラスを掲げた。肇がグラスを合わせる。

慢性的な寝不足なので、ビールを呑んだら眠り込んでしまいそうだ。

「そういえば、勇司、前に話していたクスリの件なんだけどさ」

肇が思い出したように顔を上げた。

「目立たないけど、まだ売ってるわよ」

勇司が肩をすくめると、肇は「いや、ダウナー系のほうだ」と首を振った。

「ダウナー系？」

そういえば、そんな話もあったっけ。前に肇と話したのが遥か昔のような気がした。

「うん。最近、医療関係者にまで噂が広がってきた」

「へえ。そんなに出回ってるの？」

「そうなんだ。しかも、プラシーボ効果かと思いきや、本当に効くっていうんだ。市販の鎮静剤よりも効果があるって話題になってる」

「ふうん」

「製薬会社のあいだでも噂になって、数社が出どころに興味を持ってるらしい。なんでも、今警察のほうに手を回していて、本格的に摘発して薬を押収させようとしてるとか」

「へえ。アッパー系の横流しには知らんぷりしてきた癖に、現金なもんだわね」

「あいつらのえげつなさは今に始まったことじゃないからな」

「でも、ホントに効く薬なら、大量生産してくれたほうがありがたいんじゃないの？」

「一般論としてはね。だけど、あいつらが考えていることはお見通しだ。特許取って、独占して、不当に高い価格を付けるに決まってる。いくら保険が利くとはいえ、医療費の補助金はそもそも税金だからな。回り回って、庶民がものすごい値段のクスリを買わされることになる」

「なるほど。いかにもやりそうだわ」

「それはともかく、たぶん近いうちに途鎖大学にも捜査が入るぞ。勉強がキツイのは分かるが、クスリ買ってる奴も、習慣になってたらヤバイ。薬物使用でつかまったら、将来にも傷がつく。いい加減に止めるように忠告しといてくれ」

「了解。その噂、流しとくわ」

　酔いが回ってきたのか、座敷の中の声が大きくなってきた。

14

勇司が触れ回るまでもなく、近く途鎖大学の医局にガサ入れがあるという噂は、複数のところから流れてきたようだった。

キャンパス内にはどことなくよそよそしい空気が漂い、売人は姿を消し、医学部図書室を覆っていた、どこかが腐っているような不自然な空気が消えた。

なるほど、これが本来あるべき「クリーン」な状態なわけね。

勇司は何食わぬ顔で勉強を続ける学生たちをぼんやりと眺めた。

師走に入った週末。

いい加減テキストに没頭するのに飽き、午後のキャンパス内をぶらぶら歩いてみる。

辺りはすっかり冬景色。キャンパスの山の斜面はがらんとした灰色の野原になっていた。

久しぶりに本部のあるほうに来た気がした。身綺麗にしている「普通の」女子学生が眩しい。

なんか娑婆《しゃば》に出たって感じだわ。

勇司は苦笑しつつ、自動販売機でコーヒーを買った。

知らず知らずのうちに、彼の足はあの時座っていたベンチに向かっていた。

同じ場所に腰掛け、あの建物を見上げる。

とっくに外壁の工事は終わっており、足場は跡形もなく、事故を思い起こさせるものは何もない。お喋りをしながら学生たちが通路を通り過ぎていく。

こうしてみると、やはりあれは夢だったのではないかという気がしてくる。葛城が「山から来た」という噂が流れたものの、その後、何の噂も聞こえてこない。

そもそも、あれだけ強力な在色者の存在が露見しないということ自体、おかしいのだ。

ぼんやりコーヒーを飲み、一服していた勇司は、不意に背筋を伸ばした。

あら？　何かしら、これ。

キャンパス内に、かすかな緊張感が漂っている。ピリピリした、不穏な空気。

そっと周囲を窺う。

おっと、こちらも久々に見たわ。

藤代有一のグループが歩いてくる。

事故に遭った二人はもう退院しているはずだが、グループから離脱したままのようだった。女の子も多少は補充されているようだが、以前のような派手さは影を潜めている。

王国には栄枯盛衰が付き物ね。

勇司は中心にいる藤代有一をじっと見つめた。

直接話したことはないが、こちらはこちらで、異様な迫力がある。隙がないというか、老成しているというか。

葛城が一匹狼だとすれば、こちらは群れを統率するライオンというところか。

ざわっ、と動揺するような気配。

噂をすれば。

その一匹狼が平然と歩いてくる。カーキ色のコートに身を包んだ彼は、相変わらずこの世に一人きりのように振舞っていた。

葛城の姿を見るのも、山菜採りに遭遇して以来である。もはやきのこのシーズンも終わったからか、斜面で見かけることもなかった。

誰もが遠巻きにしている。恐らく、こうしてキャンパス内で二人がばったり出くわすのは珍しい場面なのだろう。この様子を見るに、かつて流れた藤代グループが葛城を「俺ボコ」にするという噂はガセだったらしい。

先に藤代有一が気付き、足を止めた。「側近」たちも遅れて気付く。

彼らが注目している葛城は、淡々と歩き続けていたが、不意にぴくっと全身が硬直したのが分かった。

見ていた勇司も一緒に身震いしたほど、それは鋭い反応だった。

それまで特に焦点を結んでいなかった目がサッと周囲に視線を走らせ、ほんの一瞬で藤代有一を見つけると、ぴたりと見据えた。

勇司はゾッとした。

その目は、あの時と同じだった。足場を見上げ、少し見開かれた灰色の目。

藤代有一のほうは落ち着いたもので、その視線を正面から受け止めた。

二人はたっぷり十秒近く、互いを値踏みするように見つめ合っていた。

まさにハブ対マングース。

側近たちがずいっと葛城のほうに進もうとしたが、有一がそれを制した。「行くぞ」というように、先に立って歩き始める。側近たちは何か言いたそうにしたが、葛城を睨みつけるようにして彼の後に続いた。

葛城は立ち止まったまま、無言で彼らを見つめている。

と、急に有一がスッと葛城に近寄ってきて、すれ違いざま、彼の耳に何事かを囁いた。

葛城はぽかんとした顔になった。

有一は無表情で、すぐにその場を立ち去る。

葛城は、あっけに取られた顔で、有一の後ろ姿を振り返っていた。

側近たちもその様子を不思議そうに見て、互いに顔を見合わせている。

なんと言ったのだろう？

勇司も不思議に思った。葛城の様子からして、罵《のの》り言葉や捨て台詞ではなかったようだ。

あの藤代有一が、面白くなく思っているであろう葛城に、いったい何を囁いたのだ？

葛城はしばらくあぜんとした顔で、有一の囁きの意味を考えているようだったが、やがて何もなかったように歩き出した。

両者はたちまち遠ざかり、見えなくなる。

緊張は解けた。

周囲にいつものざわめきが戻ってくる。

しかし、勇司は二人の男の表情の意味を、ベンチに腰掛けたままずっと考え続けていた。

15

師走も半ばを迎え、世間は忘年会シーズンであるが、途鎖大学医学部に年忘れの習慣はない。むしろ、これまでに詰め込んだ知識が消滅しては困るとばかりに、ダメ押しの小テストが続いていた。

途鎖大学へのガサ入れはまだなかった。いつ来るかいつ来るかと待ちくたびれているのと、試験勉強への疲れと、もはや形容しようのない疲労感が殺伐と医学部内に満ち満ちている。

すっかり馴染みになった夜更けの図書室。

「勇司、明日のカンファレンスの準備できたか？」

喫煙所で一服していると、赤い目をした同級生が声を掛けてくる。

「わかんない」

勇司は力なく首を振る。

「あんなの、ヤマ張るわけにもいかないし、正直、出たとこ勝負よ」

「だよなあ」

「どうせ一夜漬けの付け焼刃なんて役に立たないんだから、あきらめたわ」

「あー、またけちょんけちょんに叱られるんだろうなあ」

友人は隈《くま》の出来た目をこすった。

「ここ、医学部のはずなんだけどさあ、たぶん途鎖でいちばん不健康な場所よねー」

「同感」

黙り込む学生たちのあいだで、もくもくと立ち上る紫煙。

途鎖でいちばん肺にも悪い場所だわね。勇司は短くなった煙草をどんよりと眺めた。

「ガサ入れ、ほんとに来るのかな」

誰かが呟いた。

「こないだ、三組の間島《ましま》、禁断症状が出ちゃって、大変だったらしいぜ」

「あいつ、毎日ガンガンやってたからなあ」

「下手に抜いちゃうと、次にやる時が危ないんだよな。キメすぎちゃって」

医学生どうしの会話としては（そうでなくても）恐ろしいが、もはや取り繕う気力もなく、あけすけな言葉が飛び交う。

ふと、勇司の視界の隅に渡瀬圭吾が入ってきた。

彼は相変わらず表情に乏しく、気分はずっと低空飛行だが、それでもなんとか頑張って踏みとどまっているので、このところあまり心配していなかった。

圭吾は喫煙所の向かいの給湯室に入ると、湯飲みにお湯を注いだ。ポケットからラムネのボトルを取り出し、掌《てのひら》にラムネを何粒も振り出すと、口に放り込んでバリバリと噛んでいる。

勇司は、その姿になんとなく異様なものを感じた。

ラムネ。すっきりするぞ。

彼がそう言って笑った顔を思い出す。

あの時は、まだ顔もふっくらしていたし、心からの愛嬌に満ちた笑顔だった。あんな顔はずっと見ていない。

痩せたな、圭吾。

がっちりした体型だったのに、今はすっかり肩の肉が落ちてしまっている。

圭吾はラムネを食べるのを止めない。

貪り食う、というのがぴったりで、給湯室で突っ立ったまま、ぼりぼりとラムネを噛んでいる。

表情が見えないだけに、ますます不気味な感じがした。

と、突然、ラムネに興味を失ったようにふらりと給湯室を出ていった。

残された湯飲み。

しばらく勇司はぼんやりとその湯飲みを見ていたが、やがて何かに呼ばれたような気がして立ち上がった。なぜか圭吾のあとを追わなければ、という義務感に駆られたのである。

廊下に出ると、もう圭吾の姿はなかった。図書室に戻ったらしい。

足に何かが当たり、転がる気配がした。

見下ろすと、青色のラムネのボトルが転がっている。圭吾が落としたのだろう。

ほとんど中身は空っぽで、一粒だけ白いラムネが残っていた。

何気なく拾い上げた勇司は、中のラムネに目が吸い寄せられた。

ラムネ。

しげしげと、白い粒に見入る。

違う——これ、ラムネじゃない。

それは、錠剤だった。表面に、窪んだ数字が刻印されている。

勇司は心臓をつかまれたような心地になった。

クスリだ。

勇司が廊下の先に目をやったのと、くぐもった悲鳴が聞こえてきたのとはほぼ同時だった。

16

悲鳴を聞いて、喫煙所にいた学生たちもぞろぞろ出てきて、図書室に向かった。

「なんだ、今の？」

「どうしたんだ」

「しっ」

勇司は寝ぼけ眼の同級生を制し、唇に人差し指を当てた。

異様な音が響いてくる。バタバタバタ、ばさばさ、という音が激しく重なりあう。

「あれ、なんの音だ？」

誰かが気味悪そうに呟く。

その異様な音に、更に複数の悲鳴が混じりあって響いてきた。

勇司たちは顔を見合わせた。何かとんでもないことが図書室で起きているのは間違いない。

それでも怖いもの見たさから、勇司たちはそろそろと廊下を進み、図書室の入口までやってきた。

勇司は床すれすれに身体を低くして、部屋の中を覗きこもうとしたが、後ろからひょいと同級生が立ったまま部屋を覗きこむ。

「ばかっ、危ないっ」

勇司が慌てて同級生を引き戻そうとした時、何かがヒュッと空中をかすめる音がした。

「ぎゃっ」

同級生が短い悲鳴を上げて、床に転がった。

「うわっ」

頬にボールペンがまっすぐに突き刺さっている。あまりの痛みに、彼は床の上でのたうち回った。

「西村、しっかりしろ」

みんなで押さえつけるが、凄い力だ。

続けざまに鉛筆や消しゴムが凄い勢いで飛んできて、廊下の壁にぶつかり、バラバラと床に落ちた。

中からよろけるように飛び出してきた学生は、背中に三角定規が刺さっている。

「た、助けて」

「誰か」

「逃げろっ」

パニックになった学生が次々と駆け出してくる。

勇司は床を這うポーズで、恐る恐る中を覗き込んだ。


鳥。鳥がいっぱい飛んでいる。


ぱっと見た瞬間そう思った。

しかし、そんなはずはないと思い直したとたん、それは部屋中に舞っているテキストと書類だと気付いた。あのバタバタという音は、鳥のはばたきのごとく、本が飛び回っている音だったのだ。

文房具、本、ノート、辞書、あらゆるものが部屋の中を吹雪のように飛び交っていて、どこに誰がいるのか分からない。

圭吾。圭吾はどこ？

勇司は必死に目を凝らした。

ようやく、部屋の真ん中で獣のように咆哮《ほうこう》している圭吾の姿が見えてきた。

全身を反らし、口を開けて天井に向かって絶叫している。「前にならえ」のポーズで硬直した手がぶるぶると震えていて、口からは泡が零《こぼ》れていた。

オーバードーズ。

ラムネのボトルに入っていた錠剤がどの程度の強さのものかは分からないが、あれだけ大量に摂取すれば、劇的な症状を引き起こすのも無理はない。

しかも——

勇司は、圭吾の首にキラリと光る銀色の札を見逃さなかった。

登録票。

なんということか。圭吾も在色者だったのだ。登録票を身につけているということは、かなりの力を持っているということだ。

道理で、凄まじいパワーである。これだけのものを撒き散らかすということは、元々相当「イロ」が強かったのだろう。

圭吾の向こう側で、縮こまって頭を抱えている学生が数人見えた。まだ部屋の中には何人か学生が残っているが、あまりの事態に動けなくなっているのだ。

危険だ。残りの学生も、圭吾自身も。

「勇司、逃げよう。西村の手当てをしなきゃ」

後ろから切羽詰まった声がした。

「手当てを頼むわ。あたしは、助けを呼ぶ」

痛がる同級生を抱え、勇司たちは外に出た。

助けを。

その時、自分が何を考えていたのか、勇司は後から思い出してみてもよく分からなかった。非常ベルを鳴らすとか、警備員を呼ぶとか、そういう選択肢もあったのに。

勇司は一目散にそこに向かって走っていった。

大学図書館。

そこに、勇司が助けを求めるあの男がいるはずだった。

勢いこんで飛び込むと、静謐《せいひつ》な空気が頬を打つ。医学部で起きている惨劇など何も知らぬ学生たちが、閲覧席を埋めていた。

勇司は足音を立てないように、しかしなるべく素早く通路を歩き回り、あの男を捜した。

いない。

喉の奥が痛くなる。

今日に限っていないなんて。もしかして、バイト?

あまりの焦燥に叫び出したくなった時、その背中を見つけた。

岩のような広い背中。

ページをめくる長い指。

勇司は安堵のあまり溜息をついた。

急いで近寄り、「ちょっといい？」と小声で声を掛ける。

無表情な灰色の目が振り向いた。勇司を見て、意外そうな顔になる。

「頼みがあるの。一緒に来てくれる？」

勇司がよほど差し迫った表情をしていたのか、葛城はおとなしく荷物を持ってついてきた。

「いったいなんだ？」

廊下に出たところで、勇司は早口で状況を説明した。

葛城はじっと話を聞いていたが、不思議そうに首をかしげた。

「なんで俺を呼ぶ？」

「あんたならできるからよ。お願い、圭吾を助けて。他の学生も」

勇司が「あんたなら」に力を込めたのを、葛城は聞き逃さなかった。

「おまえ」

葛城は探るような目つきになった。勇司は小さく頷く。

「あたし、見たの。あんたが足場を落とすとこ」

葛城は絶句し、ほんのすこしだけのけぞる仕草をした。

「誰にも言わないし、言ってない。だから、助けて」

勇司がきっぱりと言うと、葛城は少しだけ考え、小さく溜息をつくと、勇司の前に立ってさっさと歩き出した。

引き受けてくれたのだと気付き、勇司はホッとする。

しかし、彼が歩き出したのは、医学部図書室とは逆の方向だった。

「え、ちょっと、医学部はこっちよ」

「知ってる」

葛城は短く答えたが、そのままずんずん進んでいく。

「助けてくれないってこと？」

「違う。必要なブツを取りに行く」

「ブツ？」

暗い山道を走るように上っていく葛城についていくのは一苦労だった。

「どこ行くの？」

あれ、この道は。

勇司は、葛城があの山菜採りの場所に向かっていることに気付いた。

「ここで待て」

葛城は、道で勇司を待たせると、ごそごそと冬枯れの孟宗竹の茂みの中に分け入っていった。混乱したまま待っていると、しばらくして戻ってくる黒い影が見えた。

「何を取りに行ったの？」

来た道を戻る葛城に尋ねると、コートのポケットから何か小さなものを取り出し、勇司に見せた。勇司はギョッとする。

「これって」

小さなアンプルと注射器。

「鎮静剤さ。過剰摂取で在色者となれば、錠剤じゃだめだろう。これを直《じか》に注射しろ」

勇司は自分が見ているものが信じられなかった。鎮静剤。しかも、あんな茂みのどこかに隠してあったものということは。

「ひょっとして、あんたなの？　ダウナー系のクスリを闇で流してるのは」

葛城はちらっと勇司を見た。

「おまえ、結構いろんなこと知ってるんだな」

「あんたなのね？」

「昔、山仏師から聞いたんだ」

葛城はそっけなく答えた。

「山の中で、しばしば錯乱状態になった患者に、民間療法でその草を煎じて飲ませるっ

こ

この斜面にも生えてるのを見つけてね」

「そうだ。ドクゼリの一種なんだが、量を間違えなければよく効くらしい。それが、

て」

「民間療法？」

「じゃあ、それをあんたが」

「いろいろ割合を変えて試してみた」

勇司は愕然とした。

「実験だったっていうの？」

「まあな。いずれどこかで役に立つかもしれないし」

「製薬会社が興味持ってるって聞いたわ」

「らしいな。だからもう、やめにする。結構データは取れたしな」

葛城は肩をすくめた。

「ガサ入れがあると聞いて、別の場所に隠しておいたんだが――まさかこんなところで使うとは。黙ってろよ。いずれ時機を見て、また場所を移す」

「なんで医学部に入らなかったの？」

「別に俺は医者になりたいわけじゃない。この草に興味があっただけだ」

勇司の混乱は治まらなかった。次々と疑問が湧いてくる。どうしても聞きたくて我慢

できない。

「ねえ、聞いてもいい？」

「なんだ」

「あの綺麗な子はどうしたの？　ふられたの？」

「ああ、あれか」

葛城は久しぶりに思い出した、という表情になった。

「別につきあってたわけじゃない。大病院の娘だというんで、いろいろ調べてもらいたいことがあっただけだ」

「でも、別れたんでしょう。彼女、ずっと入院してるらしいじゃない」

葛城は冷ややかな笑みを浮かべ、またちらっと勇司を見た。

「俺が乱暴したってことになってるらしいな」

「ええと、そういう噂もあったわ」

勇司は言葉を濁した。

「まあ、どうでもいいが、あの女を暴行したのは藤代有一だぜ。あいつとその取り巻き」

「えっ」

「そのほうが筋は通るだろう。あの女、どこの馬の骨とも知れない俺に接近して、あいつらに恥をかかせたんだからな」

「そんなことって」

もごもごと口ごもりながらも、勇司は腑に落ちるものを感じた。自分の手は汚さない。集団で「俺ボコ」をする奴ら。

「だけど、俺にガサ入れがあるのを教えてくれたのも藤代なんだ。ついこのあいだのことだが」

「え？」

「おかしな奴だ。俺が鎮静剤を流してたことも、あいつは知ってた。誰も知らないと思ってたのに。あいつ、ただの学生じゃない。広く顔がきくことだけは確かだな」

すれ違いざま、葛城に囁いた藤代有一の横顔を思い出す。葛城のぽかんとした顔も。あの時、有一が囁いたのはガサ入れの件だったのか。だとすれば、確かに奇妙な話だ。敵に塩を送るようなものではないか。

「ただの学生じゃないのは、あんたも同じでしょ」

「まあな。ついでに言うと、おまえもだ」

医学部棟が、近付いてきた。

17

「――なるほど、こいつはひどい」

　用心しつつ図書室に近付いた二人は、まだテキストが宙を舞っているのを目にした。重い長テーブルと椅子も散乱していて、椅子の下敷きになっている学生の足が見えた。もぞもぞと動いているので、息はあるようだ。

「だが、そろそろ息切れだろう。これだけの力を使い続けるのは相当ダメージがあるはずだ」

　葛城はアンプルと注射器を勇司に渡して寄こした。

「何よ、これ？」

「俺が取り押さえるから、おまえが注射しろ。医学部だろ」

「そりゃそうだけど」

　葛城の目が不気味に見開かれる予感に、勇司は慌てて言った。

「お願い、圭吾を殺さないで。あんまりひどい怪我も困るわ」

「注文が多いな」

「あの子、代々漁師の一族の中で、初めての大学進学者で、しかも途鎖大学医学部よ。

一族の星なのよ」

葛城は苦笑すると、つかつかと部屋の中に入っていった。

「あ、危ない」

宙を舞っていた本が、次々と葛城に向かって飛んでくる。

が、葛城の近くまで来ると、見えない壁にぶつかったかのように、ばさばさと床に落ちた。

文房具も、吸い寄せられるように飛んでくるのに、全く葛城に触れることができず、跳ね返される。

勇司は息を呑んだ。

これって、いったい。

葛城はゆっくりと進んでいき、相変わらず身体を反らせて叫び続けている圭吾の脇に立った。

葛城の身体が、一瞬ぶわっと膨らんだように見える。

勇司は、背筋に冷たいものを感じた。

突然、圭吾がハッと我に返ったように、葛城を見た。

充血した目。涎《よだれ》と泡に濡れた顔。

ピタリと音が止んだ。

宙に浮かんでいた本が一斉に床に落ち、それまで混沌としていた図書室ががらんとした。

「お遊びは終わりだ」

葛城は、そう呟いた。一歩も動かない。ただ静かに立っているだけ。

圭吾の目が、これ以上ないというほどに、恐怖に見開かれる。

勇司は圭吾のこの顔を、一生忘れることはないだろうと思った。

圭吾が声にならない悲鳴を上げ、葛城から逃れるように身体をねじろうとした瞬間。

圭吾の姿が消えた。

えっ。

勇司は自分の目を疑った。

が、ドシンという音が降ってきて、ハッとして顔を上げると、天井に両手を広げて張りついた圭吾が見え、次にドサリと垂直に落ちてきた。

「圭吾！」

勇司は思わず悲鳴を上げていた。

葛城がこちらを振り返る。いつもどおりの、涼しい顔で。

「注射を頼むよ、医学部」

18

圭吾を始め、怪我をした学生たちは大学病院に担ぎこまれた。図書室で何があったのかは、誰も詳しくは語らなかった。試験勉強でノイローゼになった学生が暴れた、ということだったし、実際、圭吾も自分が何をしたのかほとんど覚えていなかった。

勇司はラムネボトルの中身の残りをトイレに流し、鎮静剤のアンプルと注射器も処分した。

大学にガサ入れがあったのは、クリスマス・イブのことで、もちろんどこを引っくり返しても噂の鎮静剤はもちろん、アッパー系のクスリも見つからなかった。

勇司は、自分が葛城に抱いている感情が自分でもよく説明できなかった。

あの時、あたしはなぜ彼に助けを求めたのだろう?

一目散に大学図書館に向かって闇の中を走っていった時のことを、勇司は繰り返し思い出すことになる。

だがそれも、年が明け、二年生になり、勇司に年上の恋人ができた頃には、記憶の隅に追いやられてしまった。

葛城が辣腕入国管理官として、再び勇司の前に現れるその日まで。

ともあれ、葛城が生涯続く藤代有一との奇妙な共存関係を築くきっかけが、この時にあったことは間違いないようである。

夜間飛行

1

誰かが見ている。

そう葛城晃が最初に気付いたのは、春まだ浅き三月の半ば頃だった。

まもなく、大学の最終学年を迎えようとしていた短い春休み。

彼は元々周囲の雰囲気には敏感なほうである――恐らく、幼少期の過ごし方や体験が特殊だったせいであろうが、特に生存を脅かす悪意や殺気といったものに、かなり正確かつ鋭敏に反応した。

そして、奇妙なことではあるが、それが彼にとっては、ごく自然で親しい感覚だった。普通の子供が感じる愛情や慈愛といった、無意識のうちに求めるものが、彼にとってのそれであったのだ。苦痛も動揺も感じない。ただただ見慣れた、よく知っている感覚。

その時も、身体は既に反応していた。

誰かが見ている。俺のことを。

だが、それは奇妙な視線だった——お馴染みの、悪意や殺気は含まれていない。畏怖や軽蔑でもない。純粋な乾いた興味——好奇心、としか言いようのないフラットな感情だけが存在していた。

こんな視線で俺を見る奴はいったい誰だ？

葛城は、じっとそんなことを考えていた。

奇妙なことに、同時に匂いを感じた。なんだろう、この匂い。この視線と関係があるのか？　甘ったるいような、きついような匂い。

相手と同じく、彼が感じていたのも純粋な興味だった——そう、好奇心、というやつだ。

「イロ」を使っている。

葛城はそう見当をつけた。

文字通り、物理的な視線ではなく、恐らくは、何かの遮蔽物があって、その向こうからこちらを見ている。

恐らくこの予想は正しいはずだ。

「イロ」を使う時の、空気の微妙な変化を、離れたところでもひしひしと感じるのだから。

だが、相手は、俺が奴の視線に気付いていることも分かっている。それでも、あえてじっと俺を見ているのだ。

なぜだ？　自分の存在を俺に知らせたいのか？　この視線に敵意はない。そのことを伝えようとしているのか？

が、不意にその気配は消えた。匂いも消えた。

いなくなった。

葛城はそう感じた。

突然興味を失ったかのように。それとも、他の何かに気を取られたのだろうか。

まあいい。切羽詰まった危険は感じなかった。

だが、また奴は俺のところに来る——そんな予感だけがあった。

2

またただ。

次に視線を感じたのは、もう桜が散り、葉桜の色が濃くなる頃のことだった。

誰かが見ている。

葛城は、何気ない風を装い、キャンパス内の石のベンチに腰掛けた。

手にした本を広げてみる。

初々しい新入生が加わって、キャンパス内は華やいでいる。その中で、その視線だけが異質で冷たかった。

この視線はやけに露骨だな。

このあいだ——あれは三月の半ばだった。あの時の視線の主とは違うような気がする。

葛城は、そっと周囲を窺った。

といっても、彼を見ていたとして、そうとは気付かないだろう。いわば、蝙蝠《こうもり》が超音波を出して、跳ね返る場所で障害物を察知するようなものだ。

ページに目を走らせつつも、四方八方に向かって見えない触手を伸ばしていく。

誰だ？　どこにいる？　どこから俺を見ている？

背後に神経を集中する。

世界はふっと無音になり、色彩は消え、モノクロになる。

俺に視線を向け、意識を集中させている奴は——

不意に、その場所が分かった。あそこだ。ロータリーの隅にある、桜の木の後ろ。

むろん、そこで突然振り返ったりはしない。こんな時は、極力、相手に自分が気付いたと知らせてはならない。

葛城は、ゆっくりと立ち上がるとぶらぶら歩き出し、自然とその場所に目を向けるようにした。

その瞬間、視線は消えた。

あまりに唐突に消えたので、思わず「え」と口に出してしまったほどである。

が、のんびりと歩き出す背中が見えた。

恐らくは、葛城が探知した場所にいて、たった今までこちらを見ていたはずの人物の背中が。

ひょろりとした男だった。薄茶色のジャケットにスラックス。若いようでもあり、中年のようでもあり。顔は見えないが、至ってリラックスした様子で、ぶらぶらと門のほうに向かって歩いていく。

追いかけて顔を見てやるべきだろうか。

葛城は迷った。が、さっき感じた露骨な雰囲気は跡形もなく、急速に興味が薄れていくのを感じた。

ま、今日のところはいいか。

そう自分に言い聞かせながらも、その後ろ姿をしっかりと目に焼き付ける。

髪の色、肩の線、身体の線、歩き方。

どこのどいつだか知らないが、忘れないぞ。

だが、その視線は、今度は日を置かずして現れた。

同じ奴だ。

葛城は、すぐに気付いた。

今度は、大学の外の、大通りの雑踏の中を歩いている時だった。

またしても露骨な視線。

さすがに苛立ちを覚えて、そっと振り向いてみる。

しかし、やはりすぐさまその視線は消えた。

このあいだの男の姿を探してみたが、この時は見当たらなかった。角を曲がったのかと、小走りにそこまで戻って辺りを窺ってみても、同じ姿はない。

一週間のうちに三度目の視線を感じた時、葛城は、どうやらこの相手とは対面しなければならないらしいと悟った。

三度目の視線には、露骨なだけでなく、ほとんど殺意に近い悪意が存在していたからである。

今度は、視線を感じた瞬間にピタリと足を止め、すぐさま振り返った。もはや、気付いていることを隠しても仕方がない。

と、やはり瞬時に悪意は消え、のんびりと歩いていく見覚えのある背中を捉えた。

葛城は、その後をつけた。

薄茶色のジャケットにスラックス。

男は、ぶらぶらと、人気のないキャンパス内の斜面に向かう。

この大学は、山の斜面に建物が点在しているのだ。

こいつ、誘っている。

葛城は確信した。

俺がつけているのを承知で、わざと人気のないところに連れていこうとしているのだ。

ならば、乗ってやろう。

一定の距離を置いて、二人は黙々と歩いた。

男は斜面のあいだの小道をゆるゆると登っていく。

この一週間のあいだに、季節は春から初夏へと舵を切ったらしかった。草の萌えいずるみずみずしい匂いが、風に混じって斜面から浮き上がっているようである。

斜面を登り切ったところに、二本の山桜があり、ちょうどその下に石のベンチがあった。

少しだけ、まだ花が残っている。

男はゆっくりとベンチに近付いていき、ぺたんと腰掛けると煙草を取り出した。

葛城も、一歩一歩踏みしめるようにわざとゆっくりと近付きつつ、男の顔を注視した。

やはり年齢不詳だった。三十代――いや、四十代？　逆に、もしかするとまだ二十代なのかもしれない。頬骨が高く色白で、目が細く、笑っているようなとぼけた顔である。どうやら地顔らしい。

男は、自分に近付いてくる葛城を無視したまま、煙草に火を点けた。

葛城は少し距離を置いて男の前に立つ。

「――突っ立ってないで座ったら？」

男はひと口煙草を吸うと、自分の隣の空いているベンチに目をやった。

「俺になんの用だ？」

葛城は立ったまま、単刀直入に尋ねる。

「葛城晃君だね」

「名前まで知っているとは光栄だ」

「うん。君に興味を持っていたからね」

葛城はあっけに取られた。

「なぜ？」

男はふうっと煙を吐き出した。

「スカウトするためだよ」

「スカウト？」

思ってもみなかった言葉に面喰らう。

「なんの？」

「何だと思う？」

男はとぼけた笑みを浮かべ、じっと目の前に立つ青年を見上げた。その目には、からかうような、興味津々というような、奇妙な光がある。

こんな視線を向けられるとは思わなかったので、葛城は戸惑った。

サークル活動も、スポーツもやっていない。およそスカウトと名のつくようなものに関係した覚えはないのだが。

が、ふと、ひとつだけ閃《ひらめ》いたものがあった。噂には何度も聞いたことのある、あの職業。

「――まさか」

葛城は探るように男の顔を見た。

「まさか、何」

「入国管理官？」

男は無表情に、名刺を差し出した。

葛城は、恐る恐るそれを受け取る。

途鎖入国管理局調査部

御手洗《みたらい》　篤《あつし》

「――あの噂は本当だったのか」

思わずそう呟いた葛城に、御手洗と名乗った男は「ほう」と反応した。

「どんな噂？」

「いや、その」

葛城は口ごもった。

入国管理官。

その名は、途鎖では、限りなく畏怖と禁忌に近い響きで語られる。

国家公務員でありながら、その実態はあまり国民には知らされていない。それもそのはず、途鎖国内にいるぶんには、ほとんどその厄介になることはないからだ。

だが、途鎖国において、入国管理局が密かに権力を持っていることは暗黙の了解として広く知られていた。政府や議会よりも――財界よりも――警察よりも。

彼らは山を見張り、国境を見張っている。鎖国を貫く途鎖国の独立を、陰に日向に守っている。彼らは優秀な番犬であり、よそからの途鎖国への侵害を決して許さない。ゆえに他国からは、イメージ的にも、物理的にも――即ち、その暴力性においても――ひどく恐れられていることも、国民は聞き知っていた。

そして、何より入国管理官が恐れられているのは、その中枢を占める者のほとんどが在色者である、ということだった。

それが本当かどうかは誰も知らない。そんなデータがあるのかどうかも分からないし、データがあったとしても公開されるはずもない。だが、入国管理局は強力な在色者が支えているらしい、という噂だけで十分だった。それだけで、入国管理官の名を畏怖という縁取りで飾るに足る——それが途鎖国というところなのである。

ゆえに、入国管理官のキャリアと呼ばれる幹部候補生は（一般職では普通に採用試験が行われるが）、個別に入国管理局がスカウトしていると言われていた。年齢ごとのめぼしい在色者のリストを持っていて、その中からリクルートしているらしい、とも。

葛城晃は、自分が「強力な」在色者であるという自覚はあったものの、まさかそんなものの対象になる可能性についてこれまで考えたことがなかった。それというのも、彼はその能力をなるべく人に知られないようにしていたし、目立つようなことをして、過去の体験をほじくり返されることを恐れていたからである。

そのようなことが一瞬にして頭を過《よ》ぎったが、この好奇心に目を輝かせた男の前で口にするのは憚《はばか》られた。

「いいじゃない、参考までに聞きたいんだ。学生たちのあいだでどんなふうに言われてるのか。別に怒りゃしないから、教えてくれよ」

男は飄々《ひょうひょう》とした口調で身を乗り出した。

反射的に葛城は身体を引く。

「その――在色者の年齢別のリストがあって、個別にスカウトしている――とか」

「それから？」

「強力な在色者でないと出世できない、とか」

「ふうん。まあ、普通だね」

男は顎を撫でた。

「本当なのか？」

葛城は男の顔を覗き込む。

「考えてもごらんよ」

男はまたひと口煙草を吸うと、ぷかりと煙を吐き出した。

「強力な在色者が顔突き合わせて仕事する鬱陶しさを、さ。たまんないよ。大体、入国管理局の仕事の大部分はルーティンだぜ？　大量の書類仕事、業務連絡、根回しに交渉。そもそも、そんなご大層な『イロ』を使う場面がどのくらいあると思う？」

「じゃあ、嘘なのか」

男は曖昧に首を振った。

「まあ、国境警備や入国審査の担当者に在色者が多いのは事実だ。だけど、世間で言われてるほどすごい奴ばっかりってことはないな。そんなふうに思われてるほうが都合がいいから、ウチも否定はしないけどね」

「でも、あんたは在色者じゃないか。あの露骨な視線は、俺が気付くかどうかカマを掛けてたってことだろ」

「葛城君さ、覚えとくといいよ」

男は空に向かって煙を吐き出した。

「噂ってのはさ、どんなガセネタでも、どこかに一粒くらいは真実が含まれてるものなんだ」

「あんた、そんなことを言うために俺のところに来たのか？」

「君、去年司法試験に受かってるんだね、在学中に。すごいなあ」

男は葛城の言葉を無視してのんびり呟いた。

「もうほとんど単位も取り終わってるし、もしウチが駄目でも、どこでも就職できるでしょう。だったら、ちょっとうちのキャンプに参加してみない？」

「キャンプ？」

「うん。入国管理官って、向き不向きがあるからさ。その適性があるかどうか、試してみない？」

男は毒気を抜かれるような無邪気な笑顔で、まるでピクニックにでも誘うように気安くそう提案した。

3

なぜキャンプの説明会に出かける気になったのかは、自分でもよく分からなかった。入国管理官という仕事に特に興味はなかったし、ましてや自分がいわゆる「権力側」の人間になるところなど想像もできなかった。公務員という選択肢は、彼の人生計画の中に全く含まれていなかったのだ。

ただ、気になったのは、当局がどの程度彼の個人情報を把握しているのかということだった。特に、彼の「イロ」について——あるいは過去について。

御手洗に貰った名刺で気に食わないのは、そこに「調査部」という所属が書かれていたことだ。その名の意味するところは明らかだった——俺のことを、当局はかなりのところまで調べ上げている。

確認しなくては。「権力側」が俺のことをどのくらい調べているのか。

それは、将来、重要な意味を持つかもしれない——いや、きっと持つに違いないという暗い予感があった。

猜疑心《さいぎ》と不安を抱えつつ、だらだらと降る梅雨どきの六月末、葛城はキャンプの説明会に出かけた。

入国管理局の建物なのかと思いきや、指定されたのは町外れにある、古ぼけたビルの二階である。一階は不動産屋だった。

しかも、隣は工事中で、どうやらビルを解体しているらしい。階段を上がっていると、振動で建物全体が揺れた。かなりの安普請らしく、ひやひやする。

いたって殺風景なドアに、ただ「キャンプ説明会会場」とだけマジックで書いた紙が貼り付けてある。

ふと、葛城は何か騙《だま》されているような心地になった。ひょっとしてこれは、新手の詐欺か何かなのではないか。

だが、ノックをしてドアを開けると、そこには御手洗がいて、細長いテーブルがあり、テーブルを挟んで面接ができるようになっていた。

御手洗は、ファイルらしきものを読んでいたが、葛城が入っていくと「よっ」と気安く手を挙げた。

「よかった、来てくれて。実は、前の学生がドタキャンしてね。君も来てくれないんじゃないかと心配してたところさ。入国管理局は学生に人気がないらしい」

「説明会と聞いていたので、他の人もいるのかと」

葛城は部屋の中を見回した。

がらんとして何もない。御手洗の後ろには、緑色のカーテンが引いてある。部屋の広さからいって、後ろ半分が見えない。

葛城の座る椅子の後ろは茶色っぽい壁だった。窓のない部屋である。カーテンの向こう側にはあるのかもしれない。

蛍光灯の明かりはあったが、部屋の中はまるで夜のようだった。

「いや、一人ずつ予約時間が決まっている。正直言って、他の受験者と接触してほしくないのでね」

「どうしてです？」

「君だって、もし入国管理官の適性がないと判断されたら、入国管理局を受けたことを他の人に知られたくないんじゃないか？」

「それはそうですね」

「君にも、守秘義務が発生する。キャンプや受験に関して知り得たことをよそで話さないでもらいたい」

「承知しました」

「おや、今日は敬語を使ってるね。このあいだはタメ口だったのに」

「一応、受験者の立場ですから」

「感心感心。じゃ、これにサインして」

御手洗は書類を取り出した。

見ると、御手洗が葛城に接触したことや、説明会を始め、入国管理局の採用に関する情報や、今後知り得た情報を漏らさない、という念書だった。

と、カーテンの端がジャッと開いて、小柄な女が出てきた。麦茶を載せた盆を持っている。事務員らしい。

ぽっちゃりとして、豊かな髪が印象的だ。いかにも働き者という感じの、キビキビした動きで葛城に麦茶を勧める。

「どうぞ」

「あ、どうも」

女が盆を下げる時に、ニッと笑いかけてきた。

ふと、違和感を覚える。なんだろう、この違和感。

女はカーテンの向こう側に引っ込んだ。

葛城はつかのまそのことについて考えた。

——気に食わない。今の笑み、気に入らない。そう感じていることに気付く。

「さて、じゃあ、キャンプの説明をしよう」

御手洗がテーブルの上で指を組んだ。

あの日——あの笑顔——どこかで見たことがある。どこでだったろう。

記憶を探る。遠い日——遠い昔——ざらざらとした映像——草いきれ——嵐の夜。

知っている。

不意に、どこで見たのかを思い出した。

あの時だ＝あれはサディストの目だ。

次の瞬間、緑のカーテンの向こうに、凄まじい殺意が膨れ上がるのを感じ／それから更に一瞬遅れて、カーテンに穴が開くのが見え／それはカーテンが緑色に爆発したようで／御手洗は床に伏せ／葛城はテーブルを引っくり返してその裏に飛び込むようにして／

銃撃音と硝煙が収まるまで、たっぷり一分近くかかった。

隣のビルの工事音が長閑《のどか》に響いていて、定期的にこちらのビルが揺れる。

「おーい、真壁《まかべ》。ちと乱暴すぎやしないか？」

のろのろと御手洗が起き上がるのが見えた。

「そうお？　でも、本物の弾じゃないしー。これくらいの臨場感がないと」

「うわ。何撃ったんだ、おまえ」

「銀玉鉄砲の玉を加工して、もうちょっと大きくしてみた」

「馬鹿、シャレになんないぞ。これを見ろ。こいつが機敏だったからよかったようなものの、下手すると大怪我してたかもしれないぜ」

葛城は盾にしたテーブルの陰から這い出した。

緑のカーテンはぼろぼろで、天井から下がっている部分だけがかろうじて残っている。その向こう側で、さっき麦茶を出した女が、手を触れているものを見てギョッとした。映画でしか見たことのないような、円盤のついた（恐らくその部分がマガジンなのだろう）機関銃のようなものがカーテンの向こう側に、こちらに銃口を向けてセッティングされていたのである。

なんという無茶な。

今ごろになって冷や汗がどっと噴き出してきた。

床の上にはたくさんの銀色の玉と、カーテンの繊維の切れはしが散らばっていた。

御手洗が青ざめた顔で指差すところを見ると、テーブルの表面が丸い形にたくさん凹《へこ》んでいる。えぐられた箇所は五ミリ以上の深さがあり、相当なスピードで銀玉がぶつかったことが窺えた。確かに、いくら銀玉とはいえ、こんなものが身体に食い込んだら無事では済まないだろう。

葛城は呆然と起き上がり、後ろの壁を見た。

よく見ると、それはコルクボードだった。

そこにも、たくさんの銀玉がぶつかって凹んでいる。

くそ。防音と、クッションを兼ねていたのか。今の音を消すために、わざわざ工事中のビルの隣のおんぼろビルを選んだな。

「あらーほんと、結構な威力だわね。これ、採用のために作ったんだけど、実戦でも使えるかも」

真壁と呼ばれた女は、ゆっくりと歩いてきてテーブルの表面に見入った。

が、床に目をやってハッとする。

「それよりも、こっちを見るべきね、御手洗」

「んん？」

御手洗は、真壁の視線の先を見てやはりハッとした。

葛城も同じところを見てぎくりとする。

「これはすごい」

「葛城君、君、こんな芸当どうやって身につけたの？」

葛城は内心舌打ちしていた。

マズイ。反射的にやってしまった。

銀玉もカーテンの切れはしも、ある一線を越えてはいなかった。

葛城が向けたテーブルの面のある線を境に、まるでそこに壁があったかのように、葛城のいる側にはひとつもなかったのである。

4

「やっぱ、どの程度の『イロ』があるか、こちらとしては知っときたいじゃない。登録票のデータなんか、全然あてになんないし。ねえ？　将来一緒に働く可能性があるんだったら、なおのこと。だけど、よほどの『とっさ』の状況を作らないと、なかなか本当の力を見せてくんないのよねー」

真壁里子《さとこ》と名乗った女は、御手洗の同期だということだった。

この見てくれに騙されるなよ、と御手洗が葛城に囁いた。

見た目は幼稚園の先生か和菓子屋の店員か。だけど、調査部の雪女と呼ばれてる奴だからな。

なるほど、真壁の見た目は確かに親しみやすい幼稚園の先生、という感じだし、最初見た時はそう思った。

だけど、分かるさ。あいつと同じ目をしていたからな。

葛城は内心そう呟いていた。

この二人は、相当な在色者だ。

「――それでも、無茶すぎやしませんか」

葛城は部屋の中を見回した。

銀玉やカーテンの切れはしをざっと片付けてから(葛城も手伝わされた)、葛城の前には二人が並んで座っている。

「こんなことをして、事故が起きたりしないんですか。こんなものまともに喰らったら、下手すると命を落としていたかも。あるいは、本人も気付かない『イロ』を発揮して、あなたたちまで巻き添えを喰う可能性もある」

「まあ、過去には幾つか不幸な事故があったことは確かだな」

御手洗は肩をすくめた。

「だが、こちらにもそれなりにノウハウがある。我々の『観察』で、どの程度の『イロ』を持つかはかなりの精度で見切ってる。それに応じた『とっさ』の状況を作り出す、というわけだ」

観察、という言葉に葛城は反応する。

「いつから俺のことを『観察』していたんです?」

「最近だよ」

御手洗は、例によってとぼけたような地顔の笑みを浮かべているが、それは嘘だと確信する。

いつからだ？　まさか、大学入学時から？　あの鎮静剤騒ぎのことも知ってるんじゃないだろうな？

葛城は、御手洗の表情を読もうとしたが、見事なまでに何も読めなかった。

と、御手洗はほんの少しだけ身を乗り出すようにした。

ギクリとする。その無邪気な笑みとは裏腹に、御手洗の全身から、何か気圧《けお》されるような迫力を感じたからだ。

「君が山にいたことは知っているよ、葛城君」

全身が冷たく固まる。

「その反動のなさ――この目で見るまで信じられなかった」

何かに目を射抜かれたような気がして、葛城は動けなかった。

「全く、素晴らしくも恐ろしいわね」

真壁も、御手洗と同じ目つきでこちらを見据えている。

そこまで知っているのか。

葛城は必死に考えた。

だが、よもやあの事件の真相までは知るまい。俺たちがやったことは、俺たち以外には誰も。

同時に、別のことも考えていた――なるほど、入国管理局とは、限りなく情報機関に近いものなのだ、と。ＣＩＡやＫＧＢのように、情報収集部隊と実戦部隊がいて、内外の情報を集め、水面下で対外交渉もやれば、汚れ仕事もやる、という機関なのだ。

そして、その点に気付いた瞬間から、自分がこの組織に興味を覚えていることにも気付いた。彼の中にある暗い部分が、鎌首をもたげるようにぬめりと動いて、引き寄せられるものを感じたのである。

「恐怖の均衡」

ポツリと御手洗が呟いたので、葛城はハッと顔を上げた。

「なぜ、かくも我々は強力な在色者を求めているんだと思う？」

御手洗は返事を求めていた。

葛城は戸惑う。

「初めて話した時は、おたくの組織にはそんなに在色者はいないと言っていませんでしたか？　入国審査や国境警備には多いが、すごい奴ばっかりじゃないと」

「おや、そんなこと言ったっけ？」

御手洗はとぼけた。

「言いましたよ」

「すごい奴ばっかりじゃないとは言ったけど、すごい奴がいないとは言ってない」

「いるんですか？」

「うん、いる」

御手洗は、つかのま葛城を見つめた。

「我々は、常にすごい奴を必要としている。内外に睨みを利かせて、わが国の独立を守るためには、誰からも畏怖されるカリスマが必要だ。今のところイメージ戦略が成功していて、怖い奴がいっぱいいると思われているからなんとか維持できているが、いったん張子の虎だとバレてしまったら、たちまち攻め込まれる。わが国のことを面白く思っていない連中は多い。何より、日本政府はいつでも取り込んでしまえるように、常に水面下で我々の切り崩しを狙っている」

「加えて、我が国には、フチという特殊なエリアもある」

真壁が言葉を継いだ。

ちらりと三人が互いの目を見た。ほんの一瞬、瞬きよりも短い時間。

フチ。山の奥の王国。そこに君臨する闇の王。

「ソクの『イロ』が凄いことはこれまた誰でも知っている。ソクに均衡する力がない限り、わが国がいつ無政府状態に陥っても不思議ではない」

「睨みを利かせなきゃならないのは、国境の外側ばかりではないってことだ。我々は、ソクのことも念頭に置いていなければならない」

二人は交互に話していた。

見事に息の合った連携プレー。まるで二人で一人のようだ。

「だが、ここには別の問題がある」

少し間を置いて、御手洗が続けた。

「『すごい奴』がいることの問題は、もしもそいつが暴走した場合の抑止力がないってことだ。つまり、我々の組織内でもまた、恐怖の均衡が必要だってことさ。だから、我々は常に今の『すごい奴』に抵抗できる、次世代の『すごい奴』を確保しておかなければならない」

「だからこっちも必死なのよ」

真壁が肩をすくめた。

「こんなところで身内の恥を晒すのもなんだけど、うちは古い組織で魑魅魍魎《ちみもうりよう》の巣。派閥は多いわ、年寄りはうるさいわ」

「つまり、スカウトした新人の能力が、あなたがたの所属する派閥の力関係にも影響するということですね？」

葛城はそっけなく口を挟んだ。

「さすが、飲み込みが早いわね」

真壁が屈託のない笑みを浮かべた。

くだらない、と葛城は思った。

ずっと一人で生きてきた。派閥だの、力関係だのにはまるで興味がなかった。よもや、その何年かのちには、嫌というほどそのしがらみを味わうことになるとも知らずに。

「もしうちに入ればすぐに分かることだ。君には正直に話しておきたい。常に新世代の『すごい奴』をチェックし、こちら側に引き込むことを目指しているのは、そいつがソクの側に行ってしまうことを防ぐ意味もある。潜在能力の高い人間を敵に回すことは極力避けたい。できれば味方にしておきたい」

「なるほど」

それは至極納得できた。災いの種になりそうなものは、早いうちに潰しておくに限る。できれば先回りして洗脳し、取り込んでしまえば、災厄は未然に防げる。

災い——嵐の夜。

何かと、過去の出来事に意識が引き戻されそうになるのを、葛城は不審に思った。

なんでよりによって、今日はあの日のことばかり頭に浮かぶ？　御手洗があそこにいたことを知っていたからか？

「とまあ、うちのほうはこんな事情だ。今日のも審査のひとつでね。もちろん、君は合格だ」

御手洗はパッと手を広げてみせた。

葛城は苦笑した。

下手すればこっちは命を落としていたかもしれないのに、これで落とされたのではかなわない。

「受験者はどのくらいいるんです？　採用人数は？」

「済まんが、その情報は公開していない。採用者は若干名、としか言えない。だが、今のところキャンプに参加することが決まっているのは四人だ」

「その四人に私は含まれているんでしょうか」

「いや、まだだ」

御手洗はそっけなく首を振り、じっと葛城を見た。

「どうだい？　五人目になってくれるかい？」

葛城は少しのあいだ考えた。

二人の視線を感じるが、何を考えているのかはやはり分からなかった。見事なまでに感情を気取らせない。

災い――嵐の夜。

早いうちに潰しておくに限る――

「はい」

いつのまにか、そう答えていた。

二人が深い安堵の表情を見せたので、実は彼らがそう答えることを熱望していたことに気付く。

「そう来なくっちゃ」

御手洗は揉み手せんばかりに相好を崩した。

「では、キャンプの日程を説明する」

真壁がすぐさま話し始めた。

「八月第一週の、月曜日から金曜日の五日間だ。月曜日朝四時に車で迎えに行く。荷物はいらない。こちらですべて準備しておく。身ひとつで来てほしい」

「あの――何かプリントとかはないんですか？」

何もないテーブルの上を見回し、葛城は真壁を見た。

真壁は「幼稚園の先生」の笑顔を浮かべた。

「君は司法試験に受かってるんだろう？　プリント一枚分くらい、その立派な頭で記憶して帰りたまえ」

5

すっかり、夏の夜だった。

キャンパスの中腹にある寮の窓を開け放つと、むっとする草の匂いが湿った夜の空気と共に流れ込んでくる。

週明けにはキャンプが始まる。

それが、自分の人生の何かを決めるという予感があった。思ってもみなかった進路に誘いこまれていくところなのだという予感が。

説明会から戻った後は、御手洗からの接触は何もなかった。

驚いたことに、御手洗に貰った名刺を取り出そうとしてみたら、いつのまにかぼろぼろになって、小さな砂の塊になってしまっていた。土に還るプラスチックでできていたものらしい。本当に——徹底的に接触の痕跡を残さないということなのだろう。

今更ながらに、何気なくサインした念書の内容が身に染みた。

もし守秘義務を破ったら、とんでもない罰がもたらされるに違いない。

今にして思えば、御手洗が学生のあいだに流れていた噂を確認したのは、守秘義務が守られているかどうか確かめる意味もあったのだろう。

あの時の会話を反芻《はんすう》してみる。とりあえず、念書に抵触するような内容ではなかったようだ。自分が漏らしたわけではないのに、葛城はなんとなくホッとした。

キャンプに参加するまでのあいだ、読書以外は、キャンパス内を走る量を増やし、身体を鍛えることに専念した。

キャンプがどんなものなのか分からないし、事前に準備しておくように言われたわけではなかったが、なんとなく体力を付けておいたほうがいいような気がしたのだ。

どこに連れていかれるのだろう。キャンプというからには、大自然の中か。

ぼんやりと闇の奥を見つめる。

遠く離れた繁華街の明かりが、ぼうっと空の底に平たく線を描いていた。

闇。すべては闇の中だ。

フチも、ソクも、あの晩のことも。

突然、強烈な視線を感じた。

誰かが見ている。

葛城は硬直したように動けなくなった。

御手洗ではない。では、今この時期に誰が？

不意に、鼻先に、甘くどこか冷たい芯のある香りを感じた。

この香り、覚えがある――

ずっと前――この春、三月の半ば。まだ御手洗に接触する前。あの時、感じた視線と香りだ。

誰だ？　なぜ俺を見る？

やはり、奇妙な視線だった。悪意も何もない、実にフラットな、無表情な視線。

葛城は、闇の中に触手を伸ばし、視線の主まで辿り着こうと試みた。

遠い――とても遠いところにいる――何か分厚い、遮蔽物《しゃへいぶつ》の向こうにいる。

首をひねる。

どうしても辿り着けない。見えない。

ふと、不思議な心地がした。

俺はこの香りを知っている。

三月に嗅いだからではない――それよりもずっと前に、この香りを嗅いだことがある。

パッと脳裏に手首が浮かんだ。

細い手首。ブレスレットをした手首。

イラついた記憶。

不意に、声がした。

――この香り、夜間飛行っていうのよ。

あまりにも唐突に、その声が閃いたのでギョッとしたほどだった。

そうか。あの女だ。大病院の娘。あの女がこれみよがしに、俺の目の前で手首をひらひらさせていたから、イラついた記憶が残っていたのだ。

いったん思い出すと、当時の立腹まで蘇ってきた。

ったく、あの女。こっちは鎮静剤のサンプルが欲しかっただけなのに、何か勘違いしてやたらとまとわりついてきた。

フランスの香水なの。ママの友達が送ってくれたの。

香水って、手首の内側につけるのよ。

自慢げな声が蘇る。

香水。あんなものをつける女の気が知れない。

あの女といるとしばらく鼻が利かなくなって、寮に帰ってからも、鎮静剤の調合ができなくなって閉口したっけ。あいつ、香水が発達したのは、風呂もめったに入らず排泄物も外にばらまいていた衛生状態の劣悪な頃のヨーロッパ人の、臭い隠しだってことを知らなかったものとみえる。

まだその特徴ある香りは続いていた。

今なぜこの香りが？　まさかあの女がこの辺りにいるというのか？

闇の中をゆっくりと見回す。

顔を切られ、廃人状態になってしまったらしいという噂が流れたのち、全く消息を聞いていない。

俺を恨んでいるのか？　これはあの女の視線なのか？

ますます首をかしげた。

あの女には「イロ」のカケラもなかったし、顔を切ったのは俺ではなく、元々あいつがつきあっていて自分が面子を潰した男たちだ。

それに、このフラットな感じ。しかも、つかみどころのない巨大な感じ。到底、ちっぽけな、半径五十メートルほどの精神世界しか持っていなかったあの女のものでは有り得ない。

「誰だ」

思わず葛城は闇に向かって低く叫んでいた。

窓の外に身を乗り出す。

誰だ。なぜ俺を見る。この香りはなんだ？

唐突に、消えた。

視線も、香りも。

得体の知れない不安が込み上げてくる。

「誰だ」

葛城は、もう一度低く呟いた。

むろん、返事はない。虫の声が響くのみ。

そこには、夏の濃い闇だけが、窓の外にどこまでも広がっているだけである。

6

まだ暗い月曜日未明。

寮を出ると、大学の敷地から少し離れたところに黒塗りの車が停まっていた。

中で御手洗が頷き、助手席のほうに目をやったので、ドアを開けて乗り込んだ。

「おはようございます」

「おはよう」

車はすぐに動き出した。

「葛城君、身体、鍛えてたね。いい心がけだ。感心感心」

御手洗が歌うように呟いた。

なるほど、あのあともまだ「観察」されていたわけだ。もう俺に気付かせる必要はなくなったので、完全に気配を消していたが。

葛城はヘッドライトに照らし出される道路の白線を見ていた。

「俺のことをいつから『観察』してたんです？　そもそも何歳くらいから『観察』するものなんですか」

「その情報は公開していない」

御手洗はあっさり受け流した。

ふと、葛城は、もし自分が入国管理局に入らなかったとしても、今後もずっと「観察」は続けられるのではないかと思った。自分の能力が知られてしまった以上、彼らは自分を監視の目から外すことはない。このあいだの彼らの話からすると、そう考えるのが自然だろう。

つまり、スカウトを受けた時点で、俺には彼らの側に付くか、そうでないかという選択肢しかなかったわけだ。

「いやあ、いいね」

御手洗が唐突に呟いた。

「え？」

「葛城君の思慮深さだよ。君がじっと何かを考えているところ、実にいい。思慮深さ。それは、入国管理官に必要な資質の一つだからね」

どう反応したものか分からず、葛城は黙っていた。

御手洗は例によって笑みを浮かべたまま続けた。

「たまに、勘違いしてる奴がいるんだ。入国管理官になれば、おのれの内なる破壊願望が叶えられると思ってる馬鹿がね。それは間違いであると納得していただくのが、結構たいへんでねえ」

どうやって納得していただくのだろう。

それを想像すると、ひやりとした。

「他には？」

そう聞いてみる。

「え？」

「他の資質は何ですか。入国管理官に必要な」

「うーん」

御手洗は軽く唸った。

「いろいろあるけど、僕が特に必要だなと思ってるのがひとつあるね。知りたい？」

「はい」

「孤独に強いことさ」

思わず御手洗の顔を見てしまう。

彼は横顔でちらっと笑った。

「葛城君、今、なんだそんなことかって思ったでしょ？　でもね、人間ってさ、自分で考えてる以上にすごーく孤独に弱いもんなんだよ。これも、覚えとくといいよ」

葛城は中途半端に頷いた。


車が山間部に入っていくことに気付き、葛城は自分の身が固くなるのを感じた。

どこに連れていくんだ？

かすかに息苦しさを覚える。

山。木の板の墓標。嵐の夜。

徐々に空が明るくなってきて、山の稜線が見えてくる。

御手洗は車を飛ばしていた。他に全く車を見かけないので分からないが、かなりのスピードを出している。

「おお、今日はいい天気になりそうだね」

御手洗はのんびりと呟いた。

しかし、葛城は気が気ではなかった。明らかに、民間人が入山を禁じられている山岳エリアへと向かっている。

やがて正面に、ふたつの見張り塔に挟まれた巨大な門が見えてきた。

御手洗はようやくスピードを緩め、車の窓を開くと身分証を差し出した。

武装した入国管理官が端末をかざしてそれを読み取る。

ゆっくりと門が左右に開き、再び車が走り出す。

しばらく走ると、舗装した道路から逸れて、脇にある未舗装の砂利道に入った。

狭い道だ。左右から木々の茂みが覆いかぶさり、ガタガタと車が揺れる。

十五分ほど走ると、ぽっかりと開けた場所に出た。

殺風景な、四角いコンクリートの箱のような建物があり、隣の駐車場には複数の車が停まっていた。

「よしっ、着いた。ここからは少し歩いてもらうよ」

車を下りると、御手洗は先に立って細い山道を登り始めた。

なんて身軽なんだ。

ひょいひょいと飛ぶように登っていく御手洗に、遅れずについていくのがやっとだった。

見通しの悪い斜面のどこをどう歩いたのか分からないまま、かなりの距離を登らされ、息が上がったところに、小さな小屋があった。

制服を着た、小柄な女が立っていた。

「キャンプへようこそ、葛城君」

帽子を軽く上げて挨拶したのは真壁だった。髪をまとめて帽子の中に入れていたので、そうと気付かなかった。制服姿の彼女には、全く隙がなかったせいもある。

「中に制服がある。三十秒以内に着替えて、脱いだ服を持ってここに戻れ。始め！」

明らかに命令しなれた、いやがおうでも動かざるを得ない声だ。反射的に身体が動き、葛城は外開きの扉を開けて小屋の中に入った。

小屋というよりも、小さなお堂のようだ。真ん中に柱が立っている。八角形をしていて、板張りである。一ヶ所、嵌め殺しの、漢字の「田」の形をした小さな窓がある。曇りガラスで外は見えない。床の上に、畳んだ制服が置いてある。一リットルのペットボトルが六本と、紙袋。食糧のようだ。一本ロウソクの立ったランプとマッチ箱。

着替えながら、斜めになった天井から、ボール紙のようなものが吊り下がっているのに気付いた。天井に付いたフックに掛けてある。

薄汚れた、梵字《ぼんじ》らしきものが見える。お札だろうか。

外に出ると、真壁が時計を見た。

「二十二秒。よろしい。着替えた服を寄こせ。それはこちらで預かる」

服を渡すと、真壁はビニール袋に入れて御手洗に渡した。

葛城が些《いささ》か緊張の面持ちで立っていると、真壁は不意にあの「幼稚園の先生」の笑顔を見せた。

「まあ、そう硬くなるな。大したことをするわけじゃない。ただのキャンプだ。ただ五日間、その小屋の中で過ごしてもらうだけ。簡単だろ？」

説明会での騒ぎを覚えているだけに、およそ額面通りには受け取れない。

葛城は、真壁の笑顔を探るように見つめた。

「これは、小屋というよりもお堂のように見えますが」

「うむ。これは本来巡礼者のためのものだ。途鎖の巡礼路には、これと同じ造りの建物が多数ある。それを模して作った。何かの時に、実際お堂で待機することも多いんでね。馴染んでおくに越したことはない」

なるほど。巡礼者用か。

闇月《やみづき》の巡礼。嵐の夜。

またしても、過去の記憶が蘇りそうになり、慌てて振り払う。

「水と食糧は中にあったろ？　それでやりくりしてくれ。すまんが、風呂はない。キャンプだから我慢してくれ。どこか川にでも行って、水浴びするのは自由だが。共用のトイレがひとつ、少し下りたところにある」

共用。つまり、他の奴も使うということだ。

「他のキャンプ生も使うわけだが、もし見かけても声を掛けたり、話をしたりといった接触を禁ずる。いいな。あとは自由に過ごしていい」

葛城は戸惑った。

本当にただのキャンプなのか？　一人で五日間過ごす？

不意に御手洗の声が蘇った。

孤独に強いことさ。

これは、孤独に耐えるという訓練なのか？

「――だが、これだけではあまりにも退屈だろう」

真壁が笑みを浮かべたまま言った。

「お堂の天井に、何かあるのに気付いたか？」

ボール紙のようなもの。梵字らしきもの。

「はい。お札のようなものが下がっていましたが」

「うん。実はな、ここ、国境が近いんだ。いつなんどき、密入国者がやってこないとも限らない」

さらりと言った内容に、愕然とする。

国境？　この近くに？

「それでだな、密入国者は、あのお札が大好きなんだ。お堂の中に吊るされた、ね」

真壁の笑顔。

ああ、またあの時の目だ――サディストの目。

「だから、君はあのお札を守らなければならない。決して、あのお札を取られてはいけない。分かるな？　もし誰かがここに侵入して、あのお札を取ってしまったら、君は罰を受ける。ちょっとばかし疲れる罰をね」

要するに、これはゲームなのだ。誰かが俺を見張っていて、いつなんどき襲撃してくるか分からないということか。

「ほら、早速だ」

「え？」

突如、目の前にお札が差し出される。さっき見た、天井に下がっていたものだ。

御手洗が、それをひらひらと振った。

「あーあ、駄目だなあ、葛城君。いきなり取られちゃったんじゃ」

葛城は絶句した。

そんな。いつのまに。

「もうキャンプは始まっている。いきなりペナルティとは残念だなあ」

真壁の目は嬉しそうに、黒く輝いていた。

7

五日間ただ過ごすだけ。簡単だろ?

確かに簡単だ。なんの邪魔もなければ。

しかし、朝な夕なに、前触れなしに訪問者がやってくる。

お堂には、鍵がない。しかも、扉は外開きだ。内と外に金属の取っ手がついた簡単なものだし、その気になれば一発で蹴破れそうなもので、羽目板はぼろぼろで隙間から外が見えた。内開きならば扉に寄りかかって眠り、誰かが扉に触れたら目を覚ます、という手もあったが、外開きではどうしようもない。

いつでも押し入ってこられるのだ。少しでも出かけようものなら、すぐに入られてお札を持っていかれる。おちおちトイレにも行けない。

ならばいっそ取られるものがなくなってしまえばいい、とお札を持って出かけようとすると、「それは反則」とすぐさまペナルティを科された。それでは、と近くで用を足そうとしたら、「トイレ以外のところでの排泄も反則」とまたペナルティ。

「ちょっとばかし疲れる罰」というのは、壁作りだった。

駐車場のところまで降りてレンガをありったけ抱えて戻り、お堂から少し下がったとところで、それを積み上げて高さ一メートルの壁を作る。

早朝だろうが、深夜だろうがお構いなし。お札を取られたら、すぐにペナルティだ。暗闇の中、のろのろとレンガを取りに行き、御手洗と真壁が懐中電灯で照らす中、壁を積み上げる。

さすがに、レンガを取りに行くあいだにはお札を取られることはなかった。もしそうだったら、永遠に駐車場とお堂の間を往復し続けなければならなくなる。

それでは、とレンガを取りに行く途中で用を足そうとすると、それもまたペナルティなのだった。

壁はみるみるうちに伸びてゆく。

二日目の夜中には、二時過ぎから三回続けて押し入られた。二回続けて押し入られ、二回壁作りをして疲労困憊《こんぱい》で部屋に倒れこんだが、まさかもう一度来るとは。

三回目の壁を作っているうちに夜が明けてきた。

部屋に戻っても、すぐにまた誰かがやってくるのでは、と眠れない。

なんてタフなんだ。

葛城はつくづく舌を巻いた。

御手洗と真壁は、いつも余裕綽々《しゃくしゃく》で現れるし、常にすっきりとした顔で、全く疲れを見せない。

防戦しなければ、と抵抗を試みてみたが、二人は格闘技にも優れていて、たちまちのされてしまう。一撃で気絶させられたこともある。格の違いに圧倒されて、「イロ」を使って抵抗する気も起きなかった。もし「イロ」を使おうものなら、どんな反撃をされるか想像もできない。

二日間が過ぎて、自分の置かれている不条理な状況がよく分からなくなってきた。これはいったい何のキャンプなのだろう？　何を試すのか？　忍耐力か？　あるいは、圧倒的な力の差を見せつけて、恭順というものを教え込むためのものか？

三日目の朝、考えた。どんなに長時間お堂を離れていようと、お札を取られるのは一回。ならば、お堂を離れて、自衛の道具を持ってくればいいのではないか。

トイレに行ったついでに、林の中に入って手ごろな枝を物色した。鉄パイプのようなものがあればいいと思ったが、人の手が入った様子のない原生林には、人工物が全く見当たらない。が、いいものを見つけた。縄だ。虫避けのためなのか、木の幹にぐるぐる巻きにしてあるものがあったのだ。古いがしっかりしているし、かなりの長さがある。縄と枝を抱えて戻ってみると、留守にしていて初めてお札が手付かずでお堂の中に残っていた。

なぜだろう。

こんなに長時間空けていたのに、どうして押し入らなかったのだろう。

不審に思ったが、お堂の中に入った。

中央の柱に縄を結わえつけ、ぴんと張った端をドアの金属の取っ手に結びつける。これで、取りあえず扉を開こうとすれば分かるし、ほんの少しだけ時間が稼げるだろう。

拾ってきた枝の、細かい枝や葉をむしりとり、何度か振ってみた。

いささか心許ないが、ずっしりとした重さがあるし、木刀代わりにはなるだろう。

朝食に取り掛かる。

食事はいわゆる一食ずつパックになった兵士が摂るようなレーションというタイプのもので、カロリー的にはじゅうぶんだろうが、問題は水だった。山の上なので夜は涼しかったが、昼間はうんざりするほど暑く、レンガを取りに往復したり、壁を作らされたりしていると、大量に汗をかくので、喉が渇いてたまらない。この二日間で既に一リットルのペットボトルを三本空けてしまっている。このままでは足りなくなるのは目に見えている。

トイレは汲み取り式で、手を洗うところもない。

どこかに水道はないだろうか。駐車場にも見当たらなかった。御手洗たちは、あの建物の中で待機していると思うのだが、中に侵入できれば、水を手に入れられるかもしれない。

そういえば、水浴びは自由、と言っていたな。ひょっとして、近くに渓流でもあるのだろうか。水の音を聞いた覚えはなかったが、その可能性はある。このペースでいくと、一度は水を調達しにいかなければならないだろう。

と、足音を聞いたような気がして、葛城はそっと立ち上がり、身構えた。

柱と縄で結ばれた扉をじっと見つめる。

羽目板の向こうに来れば、影が射すので分かる。

木刀代わりの木の枝に手を伸ばし、握って構える。

次の瞬間。

激しい衝撃と、振動が襲った。

背中を強く突き飛ばされ、葛城は床の上に叩きつけられ、気が付くとガラスの破片にまみれて這いつくばっていた。

何が起きたのか分からなかった。

床に叩きつけられた時の痛みが、少し遅れてがんがんと襲ってくる。

何が起きた？

ようやく顔を上げると、窓がなくなっていた。射しこむ光の中で、粉塵がきらきらと舞っている。

「おはよう、葛城君」

肩のところに丸太をかついだ御手洗がいつもの笑顔でひょいと窓から顔を出した。

何が起こったのかを理解した。

二人は、丸太で窓を突き破ったのだ。

「ほいよ」という声がして、丸太を傾けて窓枠に掛けると、するすると斜めに丸太を登って天井から下がっているお札を手に取る。

「ごめんね、こんなところから。でもほら、扉のほうがああだから、向こうから入れなくってさ」

御手洗はひらひらとお札を振りつつ、柱と扉を繋いでいる縄に顎をしゃくった。

「さて、今日も最初の壁、作り始めようか。あ、その前に、危ないからガラス、片付けようね」

8

不思議と、他のキャンプ生には全く出くわさなかった。

一度だけ、トイレから出て、林の中に消えていく影を見たが、肩くらいまでの長髪の、背の高い男だということが分かっただけだった。

どうやら、トイレのある場所から、違う方向に何本か山道があって、それぞれ別のお堂に繋がっているらしい。

少なくとも、四人はいるはずなのに、他の連中はいったいどうしているのだろうか。

どうせ留守は留守、一回は一回。ならば、ずっと外にいてお堂に戻らなければいい。

そう解釈して、木に登ってうとうとしていたら、犬の吠える声がした。

それも、複数。ガサガサと草を分け入る音がして、あっというまにこちらに迫ってくる。

えっ、と思って身体を起こしたら、真っ黒なドーベルマンが二匹、葛城のいる木の根元から彼を見上げていた。

いかにも獰猛《どうもう》そうな、大きな犬がさかんに吠えたてる。

その鋭い歯と、赤い舌にゾッとした。

「あれえ、そこにいるの、葛城君じゃない？」

御手洗と真壁がゆうゆうと後ろからやってきた。

「奇遇ねえ。こんなところで会うなんて。あたしたち、ペットとお散歩してたんだけど」

「君、なんだったら、この子たちと一緒にレンガ取りに行く？」

葛城は力なく、左右に首を振った。

9

三日目の夜には、疲労が澱《おり》のように全身に積もっていて、力なく横たわることしかできなかった。鉛のように身体がずっしりと重い。横たわっていても、その重さ自体が耐え難い痛みとなって、じりじりと灼《や》かれるようだった。

思考はまだらとなり、うとうととまどろんでいるのに、眠ることができない。疲れすぎているのと、次の襲撃への警戒感があって、身体は緊張モードのままなのだ。

意識があるのかないのか、今自分がどこにいて何をしているのか、だんだんと現実と夢の境目が溶けてよく分からなくなってくる。

不意に、頭の中に風が吹いた気がした。

いや――目の前に闇が現れたのだ。

どこかで目覚めている冷静な自分が、今見えているものの正体を探っているのが感じられた。

そうだ、かつてもこんな体験をした。

記憶を探る。記憶を遡《さかのぼ》る。

泥のような疲労。殺伐とした、明日をも知れぬ異様な状況であるのに、それが日常となってしまい、不気味な均衡を保っていた日々。

ああ、あれは──あの日々は──

ざわりとした感触。

風が吹いている。

あそこでは、夜になるとやけに風の音が気になった。

闇の奥で吹く風。自分が無防備で、無力で、脆弱《ぜいじゃく》な存在であると思わずにはいられないような、腹の底に響くような音だった。

あそこにいると、まるで巨大な生き物──それも、恐ろしく獰猛でその姿を目にすることも、その名を口にすることすらも憚られるような異形の怪物がすぐそばにいるようで、誰もが身をすくめ、そいつに見つからないようにコソコソしていた。森に紛れて、地を這うようにして奴らの視線を逃れていた。

ぼやけた絵が浮かぶ。

粗末な服を着た少年たちが、間延びした動きで、コマ落としのような映像の中をぎくしゃくと動き回っている。

顔は──顔は、見えない。

かつてはあんなに長いこと一緒にいて、毎日眺めていたはずなのに、今は顔の上にペンで塗りつぶしたかのようなぐちゃぐちゃした線が重なっていて、顔の部分が見えない。

色白の――こずるいような――小動物のような――

虚ろな――完全にイッちまってる――

誰かが叫んでいる――口角から泡が噴き出している――悲鳴と怒号。

クソ。

思い出すな。忘れたことだ。

葛城の顔が歪み、舌打ちが漏れる。

忘れたつもりだった。思い出さないようにしていた。

くそ――出てくるな。出てくるんじゃない。

誰かが顔を上げて、こちらを見た。顔の部分はざらついていて、見えない。だが、俺は知っている。そこに昏《くら》くぽっかりと空いた二つの穴があって、それは目と呼ばれる部分で、底知れぬ暗黒が宿っていることを。

それはあの男だ――夜の湖のような、不吉で得体の知れない――

あいつ。

葛城はハッとして飛び起きた。

むっとする空気。全身に寝汗を掻いていた。

疲労と痛みがずしりと現実感をもって蘇り、葛城は顔をしかめた。

あたりはどんよりとした夏の夜。

風が吹いているのが聞こえたが、それはねっとりした闇をかきまぜるほどの効果もなく、弛緩した空気が漂っている。

葛城は小さく溜息を漏らした。

久しぶりだ。あの頃のことを思い出したのは——当時の夢を見るのは。

こうして起きていると、ぐったりした倦怠感しかなく、思い出したことすらも既に忘れ始めている。

キャンパスも寮も山の中だから、もうなんともないと思っていたが。

のろのろと汗を拭う。

あれから逃れることはできないんだろうか。

それからしばらくのあいだ、彼はぼんやりと蒸し暑い夜の底にじっとうずくまったままだった。

10

四日目の朝は、夜明けと共に襲撃があった。

やはりいつのまにか眠りこんでいたらしく、文字通り叩き起こされる。

疲労のあまり身体の反応が鈍くなり、動きが遅れているのが自分でも分かるが、どうしようもない。

風がそよとも吹かず、押し殺した怒りを溜めているような、むっとする暑さ。

六時を回る頃には殺気を感じるような太陽光線がじりじりと降り注ぎ、十時を過ぎる頃には、葛城は既に今日三回目の壁を作っているところだった。

意識は朦朧《もうろう》として、もはや惰性で身体が動いているが、自分が何をしているのかも分からない。壁の模様が、波のようにゆらゆらと揺れて焦点が定まらず、世界全体が揺れているような心地がして、船酔いのごとき悪寒を感じ、葛城はしばしば吐いた。ほとんど吐くものがなく、酸っぱい胃液ばかりが出てきて、胃袋が引っくり返るのではないかと思うほどえずいた。

いつにも増して、情け容赦のない襲撃が続く。

襲撃する側もつらいはずなのに、まるで判で押したかのように執拗に繰り返され、どちらも休みなしだ。

お札を取られる、山を降りる、レンガを積む、山を登る、お札を取られる、山を降りる、レンガを積む、山を登る、お札を取られる——

ギリシャ神話にこんな責め苦があったような気がする。石を山から転がしては運び上げ、また転がす。責められているのは俺なのか、それとも奴らなのか？

時間の感覚がなくなってくる。

頭の中に、ギラギラ輝く太陽の光で真白になる瞬間が断続的に訪れ、その合間に自分の身体が地面に落とす影と、壁の模様がモザイクのようにちりばめられ、時間も空間もバラバラになって連続していないように感じられる。

その瞬間は、不意にやってきた。

そんなつもりはなかった。抵抗しようとか、それを使おうというつもりは全く。

午後二時を回ったところだった。

恐らく、その時、葛城の意識は飛んでしまっていたのだろう。

作業をしつつも、脳味噌は眠りこけていたのだ。

いつしか手も止まっていた。

「おい、葛城君」

「起きてくれよ、今は寝る時間じゃないぞ」

どこかでぼんやりと声を聞いていた。

『おい』

耳元で声がした。

かつて、遠いところで聞いた声。

『おまえが悪いんだ』

ぽん、と肩を叩かれた。

『おまえが悪いんだ』

割れ鐘のような怒号。

次の瞬間、葛城は弾かれたように起き上がり、肩に置かれた手を振り払っていた。

頭の中で閃光が弾ける。

バシン、ドシン、という破裂音と地響きに彼はハッと我に返った。

呻き声のするほうを見ると、御手洗が離れたところで地面に叩きつけられて、起き上がろうとしているところだった。

そばにいる真壁が、驚いた顔でこちらを見ている。

「つつつ——ついにお目覚めかね。ちと、俺も油断したな」

御手洗は、痛みをこらえつつも苦笑していた。

葛城は愕然とした。自分が「イロ」を使ったことに気付いたのだ。

全身に冷たいものを感じる。

全く自覚していなかった。

「いけないわねえ」

真壁もフッと笑うと、御手洗と顔を見合わせた。

「言ったはずだよ。勘違いしちゃいけないって」

御手洗はゆっくりと立ち上がり、真壁と並んでこちらを見た。

葛城はギョッとして反射的に一歩下がった。

二人は、同じ目をしていた。あのビルで見た時の、サディストの目。

急に、周囲の気温が下がったように思えた次の瞬間——

葛城は、自分の身体が宙に浮いていることに気付いた。

音もなく、すうっと空中に持ち上げられたのだ。

えっ。

あっというまに十メートルも持ち上げられただろうか。

森のてっぺんが見え、辺りの風景が視界に収まったと思ったら、次にはフッと緑の線になった。

少し遅れて衝撃がやってくる。

葛城の身体は地面に叩きつけられ、彼の意識は暗転した。

11

五日目の晩。

この長いのか短いのか分からない五日間の最後の夜を迎えて、葛城はほとんど放心状態にあった。四日目の晩のことは覚えていない。地面に叩きつけられて気絶したあと、ぷっつりと意識が途絶えており、気がつくと朝になっていたのだ。

それでも、あたりまえのように前日と同じことが繰り返された。ルーティンと化した作業が繰り返され、これでもかとレンガを積まされ、むろん前日の教訓もあって、抵抗する気もなくなっていた。

しかし、日が落ちてからというもの、既に五時間近く何もない。

ついに終わったのか？　いったい何だったんだ、これは？

全身の筋肉痛がひどくて、ほんのちょっと動いただけでも身体が悲鳴を上げた。

もうすぐだ。

じきに日付が変わる。そうすれば、ここから逃れられる。壁作りから解放される。

とろとろとまどろみながら、そんなことを考えていた時。

突然、匂いがやってきた。

あの甘くきつい香り。

夜間飛行。

葛城はハッとして目を見開いた。

ランプの中のロウソクの炎がちろちろと揺れる。

誰か、いる。近くに、いる。

葛城は飛び起きた。たちまち襲ってくる全身の痛みに顔をしかめたが、なんとかよろよろと起き上がり、ランプを取り上げると、ぽっかりと空いたままの窓から外を見た。

襲撃ではない。少なくとも、あの二人ではない。

黒い影。

「誰だ」

葛城は、目の前にランプを持ち上げた。

うっすらと、窓から十メートルほど離れたところに男が立っているのが見える。

長身。長い髪。

そのシルエットに見覚えがあった。

いつか一度だけ見た、トイレから遠ざかる背中。

あの時の男らしい。同じキャンプ生だ。

「俺だよ、晃」

その静かな声に、葛城はぎくりとした。

なんだ、この声。耳にではなく、直接頭の中に響いてくるような——そして、どこかで聞いたことのあるこの声は――

突然、その声の主に思い当たった。遠い歳月を飛び越えて、あの夜に引き戻されたような眩暈を覚える。

ザラザラした映像。

顔のところが、ぐちゃぐちゃの黒い線で塗り潰されている――

「おまえか、神山《かみやま》？」

「そうだ、久しぶりだな」

「おまえも、キャンプに参加していたのか。スカウトが来た？」

「ああ」

考えてみれば、当然だ。俺のことを監視していたのなら、一緒に下山した神山だって監視されていたはずだ。

「青柳《あおやぎ》は？」

「あいつはヨーロッパに行ったよ」

神山は、こちらに進み出ようとはしなかった。闇の中で、じっと佇《たたず》んでいる。

顔が見えない。

ふと、これまでのことが腑に落ちた。

「おまえ、春ごろから、俺のことを見ていたな」

葛城が尋ねると、闇の中で頷く気配がした。

「ああ、そうだ」

「どうして?」

「俺がスカウトされたからだ。きっとおまえもスカウトされるだろうと思って、俺のところに来た入国管理官をずっと見張っていたら、おまえのところに行った。それで、俺もおまえの居場所が分かった」

「なるほど。この匂いはなんだ?」

葛城は左右を見回した。匂いが見えるわけではなかったが。

神山が怪訝そうになるのが分かる。

「匂い?」

「香水の匂いだ。夜間飛行って名前の、フランスのものらしい」

沈黙。

何か考えているらしい。少しして、意外そうな声が聞こえてきた。

「へえ。気付かなかったな。確かそれって、親父の遺品だったんだ——つまりは、おふくろの遺品だけど」

再び沈黙。今度は、何かを思い出しているようだった。

「親父は、おふくろのことを最後まで許せなかったが、その香水壜《びん》だけは持っていた。

なんのかんのいって、親父はおふくろに執着していたんだ。きっと未練があったんだな。あの林間学校にも持参していた——親父にまつわるものを思い出す時、俺は無意識のうちにあの匂いを嗅いでいた。思い出していた——おまえのことを探ろうとすると、どうしても親父のことを思い出す。そのせいかもしれないな」

闇の中で、神山がふと遠くを見たことが分かった。

「そうだったのか」

今、奴は父親のことを思い出している。そんな気がした。

神山はこちらを見て、尋ねた。

「おまえ、入国管理官になるのか？」

「分からん。だが、なるような気がする」

そう答えて、葛城はそれが自分の本心だと気付いた。

俺は入国管理官になる。

「おまえは？」

そう聞き返すと、神山はしばし沈黙した。

「俺は、ならないな」

「そうか」

それも分かっていた。この男と俺は、同じ場所にはいられない。一緒にいたら、必ずどちらかが滅びることになるだろう。

「でも、これからも俺たちはずっと奴らの監視対象だぞ」

「分かってる」

「おまえ、他のキャンプ生に会ったか？　おまえのこと、一度だけ見かけていた。他の奴には会ってない」

神山が首を振る気配がした。

「いない」

「え？」

「他の三人は、ひと晩で脱落した。こんなの耐えられないと、もう出ていってしまった」

「道理で、誰にも出くわさなかったわけだ」

「馬鹿馬鹿しい茶番だ」

神山が肩をすくめるのが分かった。

「これって、あいつら入国管理官の昇進試験にもなっている。何回俺たちからお札を取れるかが、奴らの成績になる。だからあんなに熱心なんだ」

「ふうん。だからか。でも、茶番だと思うのなら、どうして最後までつきあったんだ？」

神山は、再び考え込む様子で沈黙した。

「そうだな――入国管理官の実力がどの程度のものか、知りたかった。ついでに、入国管理局の内情を詳しく知りたかった」

葛城はギョッとした。

「そんなことができるのか？」

「まあね。結構、いろいろ情報が入手できたよ」

いったいどうやって？

葛城はその質問をぐっと飲み込んだ。恐らくは本能で、その質問はしないほうがいいような気がしたのだ。

「だが、もう奴らのお遊びにつきあう必要はない。俺は、これからここを出ていく。だから、おまえには挨拶に来た」

「出ていくって――これから？」

「ああ。じゃあな」

神山が動き出すのが分かった。

「待て、神山」

足を止める。

「なんだ？」

「おまえ——おまえ、大丈夫か？」

神山は、質問の意味を考えていた。

葛城も、自分で自分の質問の意味を考えていた。

それは、零れ落ちるように漏れた問いだった。


俺たちは、大丈夫なのか——あの夜を経て——あの夜を生き残って——今の俺たちは、大丈夫なのか？

俺たちは、あの夜から逃れられるのか？


長い沈黙が降りる。

二人のあいだに、さまざまな時間が、記憶が、巻きもどされ、渦を巻き、漂い、濁ってからみあった挙句に、どこかに消えていった。

神山が少しだけ動いた。

「——ああ、大丈夫だ。問題ない」

ゆっくりと、神山はそう答えた。

そう答えた彼も、葛城も、その答えを信じていないことが分かった。それでも、二人はその言葉を受け入れたふりをする。

「問題ない」

神山はもう一度、独り言のように呟いた。

そして、今度こそ静かに歩き出し、そっと闇の奥に消えていった。

12

これが、葛城と神山の、久しぶりの邂逅《かいこう》の一部始終である。

その晩、日付が変わった瞬間、キャンプ地は凄まじい驟雨《しゅうう》に見舞われた。

ただの驟雨ではない——大量のレンガの。

葛城と神山が五日間掛かってえんえん築き上げたレンガの壁が粉々になり、辺り一面に十五分間に亘って降り注いだのだ。

レンガの雨は、木々をへし折り、お堂の屋根を破壊し、駐車場にあった車をボコボコにした。

何事かと慌てて入国管理官がやってきたが、その時には、既に神山はキャンプ地から姿を消していたと葛城が知ったのは、彼が入国管理局に入局してからのことである。

終りなき夜に生れつく

1

あの男が口にしたあの一言だけは、今もよく覚えている。

おまえ、夜の湖みたいだな。

そう言われた時のあの男の表情、声、周りの空気感。その場面だけが鮮明に彼の中に焼き付いているのだ。

何が印象的といって、そう口にした本人が、自分が何を言っているのか分かっていなかったように感じたことだ。

およそそういう文学的表現から遠いところにいたあの男から、何かの弾みにぽろりと零れてしまったあの一言。本人も言語化することのなかった、するつもりもなかった何かが、むきだしのまま剝《は》がれ落ちてしまった、そんな感じが、彼らの当時の殺伐とした生活では、妙に異質なものに感じられたのだ。

あの山での日々のほとんどが遠くなってしまった今も、なぜかあの一言だけは、時折不意に蘇ることがある。

おまえ、夜の湖みたいだな。

あれはどういう意味だったのだろう。

直喩なのか、暗喩なのかも分からない。だが、どこか彼という人間の本質を突いていると感じることだけは確かなのだった。

2

岩切和男《いわきりかずお》がその男に目を留めたのは、梅雨が明けたばかりの蒸し暑い夏の朝、人身事故で電車が止まったせいだった。

飛び込んだのか、転落したのか。

生きているのか、死んでいるのか。

もはやそんなことは誰も気にしない。電車を止めた物体。ただその事実だけだ。

このクソ忙しくクソ暑い通勤時間に電車を止める奴は、それこそこの首都圏ウン百万の人間の呪詛《じゅそ》だけで死罪に相当するに違いない。

電車はなかなか動かなかった。たちまちホームには通勤客が滞り、溜まっていく。駅員が人の流れを整理しようとしているが、次々と押し寄せるあまりの数に、後手後手に回っている。

舌打ちに溜息、文句や愚痴。誰もが不満と苛立ちを隠そうともしない。ぱんぱんに膨らんだ鬱屈《うっくつ》の風船は、何かの拍子に爆発しそうだった。

と、近くで押した、押さない、で言い争いが始まった。

みんなの視線がそちらに引き寄せられる。

次第に声が大きくなっていく。上気した赤い顔がチラッと見えた。

とげとげしい口調が、余計に群衆の神経を逆撫でする。

「うるさい」

「やめろよ」

周囲から殺気に満ちた罵声が飛び、気まずい空気が漂い、静かになった。

やれやれ、ますます暑苦しい。やはりこんな時間に電車に乗るもんじゃないな。

和男がネクタイを緩め、汗を拭い、向き直ろうとしたその時。

自分のすぐ近くに立っている一人の男が目に入ったのだった。

何が彼の視線をとどめさせたのかは分からない。

が、和男はその男から目を離すことができなかった。

男は長身だった。長めの髪、こざっぱりとしたシャツにネクタイ。小さく畳んだ新聞をじっと読んでいる。

なぜ目を留めたのか、少し見ていると分かってきたような気がした。

周囲が苛立ってピリピリしているのに、その男の周りだけひどく静かで、そこだけ気温まで低いように思えたのだ。

静寂。

男のいるところだけが無音だった。

しかも、男はなぜか気配が薄かった。こんなに図体のでかい男が近くに立っていたら、普通もっと圧迫感を感じただろうに、たいして離れていないのにちっとも気配を感じなかったのだ。

なんなんだ、この静けさは？

和男は興味を覚えた。

男は、全く汗をかいていなかった。

周りでは誰もがしきりに汗を拭い、扇子を使っているのに、この男は汗ひとつかいていない。

道理で、一人だけ涼しげに見えるわけだ。

そうだ——この男は、こぜりあいのあった時、みんながそっちを見たのに、一人だけ全く注意を向けなかったのだ。それが、和男がこの男に目を留めたいちばんの理由だと気付く。

ひょっとして、耳が聞こえないとか？

ふと、その可能性に思い当たった。

聞こえないのであれば、この男に漂う圧倒的な静寂の理由の説明がつく。

が、そこに突如ブツッ、というアナウンスが入り、男はちらりと上の方を見て、新聞を下げた。

「間もなく運転を再開いたします。間もなく運転を再開いたします」

明らかに聞こえている。

だとすると、やはりこの静寂は、この男生来のもの。

和男はその横顔に見入った。

不思議な顔だった。

非常に整っているのに、印象が定まらない。目の前から消えたら、たちまち忘れてしまいそうな顔。特徴のない、覚えにくい顔。

どんな仕事をしてるんだろう。

そう思った時、電車がホームに滑り込んできて、群衆が一斉に動き出した。もう数分もすれば、誰も人身事故があったことなど覚えていないだろう。

和男は、押し合いへし合いしながら電車の中に吸い込まれていった。

3

なぜその男を尾《つ》けてみようと思ったのか、よく分からない。

強いて言えば賞金稼ぎとしての勘、ということになるのだろうか。

和男は週刊誌の契約記者を本業としているが、副業として、お尋ね者を探し出し、懸賞金を得て少なからぬ生活の糧としている。

いや、本心としてはこちらが本業であり、むしろ「生きがい」とでも呼びたいものなのだが。

交番の前や、警察署の掲示板に貼られたポスター。

笑っている。犯罪者が、ポスターの中の写真で笑っている。

和男は飽きずにその顔をじっくりと眺める。

今も逃げのびて、おのれの犯した罪など知らんぷりをしてどこかに潜んでいる犯罪者。

そんな犯罪者が数多いことにいつも驚かされる。

びくびくしているのだろうか？　眠れないのだろうか？　この笑顔は何の時の写真なのだろう？

今もどこかにいるそいつに、心の中で語りかける。

俺が見つける。絶対に、俺が。

和男には、よく見る定番の夢がある。

衝動的に殺人を犯し、死体を前にして我に返る。逃げなくては。逃げのびなくては。

必死に隠蔽工作を施し、自分と死体を結びつける情報を片っ端から取り除く。

そして、ああ、今日から自分はお尋ね者なのだ、この先二度と平穏な眠りは訪れないのだ、と絶望と共に思うところで目が覚める。

あまりにも分かり易い夢だ。常に犯罪者の行方に恋い焦がれているので、夢の中で追体験をしているのだろう。

彼は犯罪に惹かれた。人間の影の部分に惹かれ、やがて犯罪者そのものに惹かれた。

どこが違う？　何が違う？　幼時体験なのか？　環境なのか？　いったい何を見て、何を考えている？

それらを想像し、彼らになりきって書く記事は業界でそれなりの評価を得ていた。

記事を書くのはなぜ自分が犯罪者に惹かれるのかを掘り下げる作業で、それはそれでカタルシスを得られたが、興奮するのはやはり現実のマンハントのほうだった。

取材結果を利用して、お尋ね者を見つける。和男は、さまざまなノウハウを試していた。

古くからある警察の捜査方法に、「見当たり」というのがある。

人が大勢通る駅や交差点などで、ただじっと通行人の顔を眺めているという作業だ。ベテランの刑事など、これでけっこう指名手配犯を見つけられるというから驚きである。彼らの頭の中には犯罪者のデータベースが出来上がっているのだ。

和男も、彼らに負けない自信がある。実際、似たようなことをして、彼も一人、お尋ね者を発見したことがあるのだ。

懸賞金の額は大したことがなく、金融犯罪だったので、近くの交番の警官にそのことを教えた。すぐにそこを離れたので、つかまえられたのかどうかは分からない。

無意識のうちに、雑踏に出ると人の顔をチェックする癖がついている。だから、そのアンテナに引っかかってきた男を、なぜかそのままにしておけないという気になったのだ。少なくとも、お尋ね者ではなさそうであるが。

尾行は得意だった。

長身の男は、離れたところでもよく見えるのでありがたい。

神田で降りた。

つかず離れずで後をついていく。

ごみごみした商店街を抜け、地味な一画に入り、古い五階建ての雑居ビルに入っていった。

勤務先か。

和男はしばらく遠巻きに眺めてから、ぶらぶらとそのビルに近付いた。入口近くの壁に取り付けられた郵便受を眺める。ごちゃごちゃ名前が書いてあるが、男の勤め先がどこなのかは分からない。

さて、どうするかな。

和男は腕時計を見た。

時間はある。ここがあの男の勤務先なのかどうかを確かめておきたい。勤務先であれば、またここに来ればあの男に会うことができる。しかし、単なる立ち寄り先なら、次にあの男に会う機会はないだろう。

周囲を見回すと、このビルの入口を見張るのにちょうどいい喫茶店があるのに気付いた。

よし、あそこで待機だ。

窓際の席を確保し、だらだら新聞を読み、ついでに原稿の下書きをする。むろん、ビルの入口を出入りする人間は視界の隅でチェックしている。

しばらくして、あの男がビルから出てくるのが見えた。

どこかに向かうのかと思いきや、近くの自動販売機で缶コーヒーを買い、その場で開けてぐいと飲む。

相変わらず、静かで体温の低い様子である。

じっと立ったまま、どこか遠いところを見ている。

何を考えているのか、機嫌がいいのか悪いのか、見た目ではさっぱり見当がつかない。

やがて、彼は踵《きびす》を返してビルの中に戻っていった。

ここが勤務先で決まりだな。

和男はそう一人首肯した。

あの寛いだ雰囲気は、出先や営業先を回っているというものではない。

よし、また時間がある時にでも来てみよう。

和男は、ビルの住所と名前をメモし、今日の日付と今の時刻を書き加えた。

ちょっと考えて、こう書き込む。

「静かな男」

この瞬間から、あの男は「静かな男」となり、和男の中では「静男」と命名されたのだった。

4

「──昨夜未明、千代田区で発見された遺体は、都内の会社員田川秀行《たがわひでゆき》さん三十七歳と確認されました。遺体の状況から、先月同じく千代田区の別の場所で起きた殺人事件との関連が疑われており、警察は詳しい状況を調べるものと——」

和男は、リモコンを手に取るとTVを消音モードにした。

画面には、被害者のものと思しきぼやけた写真が映し出されている。

ノートを開き、鉛筆でとんとんと紙面を叩きながら画面に見入る。

和男は取材をしたので、この事件のもう少し詳しい状況を知っていた。

ここ半年で三件。

似たような殺人事件が起きていた。

被害者は、年齢はまちまちだが、皆男性だった。

奇妙なのは、どれも死因が窒息死だったことである。

絞殺ということになるのだが、ならば必ずあるであろう索条痕《さくじょうこん》が見当たらない。普通に生活していて、突然窒息して死に至った、という極めて不自然な状態で発見されたのだった。

一人目の時には、奇妙な変死、という漠然とした印象だったが、二人目の時には、既に先の事件との関連が噂されていた。

そして、三人目が発見されたところで、捜査当局は同一犯による連続殺人事件、という判断に至ったのである。

それは、当局が恐れていた事実を受け入れざるをえないということでもあった。

つまり——これは、「在色者」による犯罪なのではないか、という事実である。

最初からそう直感した捜査員はいたが、そのことを口にするのをためらうのも無理はなかった。

これは、極めてデリケートな問題だったからである。

「在色者」、つまり特殊能力を持つ者と、そうでない者のあいだには、歴史的に複雑な対立の経緯がある。

古くて新しい対立——つまり、どちらが新人類であるのか。どちらが人類の覇者であるのか、という対立軸。

単純に考えれば、特殊能力を持つほうが「新」人類である、ということになりそうなものだが、彼らの不安定さが話を面倒にした。

「在色者」の能力はまちまちである上に、強さの程度もバラバラである。コントロールは難しく、能力を使うとその反動にも苦しむ。

そのため、能力の不安定さに苦しみ、精神を病む者も少なくない。自殺率も高い。その事実を重視する者にとっては、彼らが決して「新」人類とは思えない、という理屈になるのである。

加えて、「在色者」のあいだでも、能力の多寡やレベルによって、微妙なヒエラルキーが生まれてきてしまう。ゆえに、差別構造はいくつにもねじれて、それぞれのイメージで人々の意識に沈着してゆき、目に見えなくなってきているのだった。

今日、「在色者」は均質化手術と呼ばれる脳手術が奨励されている。能力のノイズやブレがならされて安定することから、多くの不安定な「在色者」にとっては福音とされる手術である。

この手術が普及したことも、「在色者」を見えなくすることに一役買った。

「在色者」は減っている。

「在色者」は、「在色者」であることを望んでいない。

そんなふうに考えるのが「一般的」な世論である。もっとも、それは表向きのことでしかないことは、一部の者のあいだでは常識となっているのだが。

一連の事件への「在色者」の関与が決定的になったのは、被害者たちが、実はＨＰＵの熱心な会員であったことが判明したからだ。

ＨＰＵ。均質化主義連合。

そっけない名前だが、実態は未だ不明である。

「在色者はすべからく均質化手術を受けるべし」というシンプルなモットーを掲げている団体だが、つまりは「反・在色者」の集まりである。

似たような団体はいろいろあるが、HPUは最も過激な集団であり、過去には実際に在色者を攻撃するなど、凄惨《せいさん》な事件を数々引き起こしており、今は沈静化しているが、逆に拡散して実態が把握しにくくなっている。

公表してはいないものの、隠れHPUも多いと言われており、政財界にもかなりのメンバーがいるらしいと噂される。

今回の事件の被害者も、三人とも自分がHPUに所属していることを公表しておらず、家族も知らなかったという点でも共通していた。

これは公安のほうからもたらされた情報であり、通常の捜査では判明しなかったかもしれない。三人は、熱心な「信者」であり、それぞれの年代のハブ的な役割を果たしていたものと思われる。

だとすれば、犯人は、HPUの存在に抗議する「在色者」が真っ先に疑われる。

しかも、わざわざ、「在色者」ではないかと分かるような手段で殺害しているのだ。

HPUにも、世間にも、挑戦するかのような犯罪である。

おまけに、この東京で。

捜査当局の空気は一様に重かった。

例えば、これが途鎖などであれば、まだ受け止めようがあったかもしれない。

途鎖は独立した国家であり、「在色者」の多い国でもあった。彼らは独自に「在色者」

を活用し、統制している。

しかし、東京となると。

この件は、極めて厄介な、デリケートな問題を含んでおり、どこに波及するか予想すると、いくらでも最悪のパターンが考えられる。

しかも、まだまだこの先、事件は続くかもしれないのだ。

知り合いの捜査員の憂鬱そうな目が、和男の脳裏から離れなかった。

ぼんやりとそんなことを考えているうちに、画面はいつのまにかバラエティ番組になっていた。テロップが大きな文字で次々と現れる。

大口を開けて笑うゲストたち。

和男は、ＴＶを消した。

この事件、警察や当局にとっては頭の痛い事件だろうが、記者としてはいろいろと興味を掻き立てられる事件である。

犯人は誰なのか。

この先も事件は続くのか。

ＨＰＵはどう出るのか。

考えれば考えるほど、事件はまだ端緒であるという気がしてくる。

和男は地図を広げ、三番目の事件現場の場所に印を付けた。

うん？

何かが頭をかすめたような気がしたが、それが何かは分からなかった。三つの事件の場所を見比べてみる。

事件は皆、都心で起きていた。

それが何か？

しばらく考えてみたものの、何も浮かばず、和男は溜息をついて地図を畳んだ。

5

次に「静かな男」のことを思い出したのは、残暑厳しい八月も末という頃のことだった。

週刊誌のスタッフと、長期の特集連載を終えて、軽く打ち上げをしたのが神田の外れだったのである。

早い時間から始めたので、終わったのはまだ八時過ぎだった。

酔いざましにふらふらと街を歩いていた時、ふと、あの男の勤務先のビルが今自分が歩いている途上にあることに気付いたのだ。

例の事件は、とりあえず三件のまま、他には起きていなかった。

捜査のほうも難航しているらしく、有力な容疑者が浮かんだという話は聞いていない。全く捜査が進展を見せないので、遺族が抗議の声を上げているらしい。

目指すビルは、夜来てみると辺りが暗いのでなかなか見つけられなかった。

ようやく見つけた時は、ビルのいちばん上のフロアだけに明かりが点いていた。

まあ、あれが「静男」のオフィスとは限らないからな。

ぼんやりと見上げていると、フッと明かりが消えた。

ビル全体が真っ暗になり、かろうじて入口付近に弱々しい明かりが点いているのが見える。

と、少しして、見たことのある影がビルから出てきた。

どんぴしゃ。まさに奴だ。あの男だ。

なんというタイミング。ついている。

和男は、反射的に背筋を伸ばし、そっと物陰に隠れた。普段から身を隠す癖がついているので、向こうは絶対にここに俺がいることには気付かなかったろう。

じゅうぶんに距離をおいて、追いかける。

相変わらず、淡々として、気配を消している男だった。

そういえば、まだ奴の声を聞いてないな。どんな声なんだろう。

なんとなく、イメージから声を想像してみる。涼しげな低い声。訥々《とつとつ》と言葉をつづる、穏やかな声。
まっすぐ家に帰るのだろうか。それとも、どこかに寄り道？
神田駅とは反対方向に歩き出したので、どこかに寄るのではないかと見当をつけた。
奴が話す声をぜひ聞きたいものだ。
そうかすかに期待する。
男は早足で、すたすたと歩き続ける。
どこに行くんだ？
和男は首をひねった。
ずいぶん歩くなあ。
いつしか小川町を通り過ぎ、駿河台下まで来た。
待ち合わせ？　どこかの店に入る？
しかし、「静男」はひたすら静かに歩き続ける。
どんどん坂を上っていく。
和男は、彼が辿り着いた場所を見て、あっけに取られた。
御茶ノ水駅。
なんだってまた。
一瞬、棒立ちになったが、「静男」はさっさと改札を通り過ぎたので、慌てて追いかける。

どうして？　すぐ近くに神田駅があるのに、なぜ御茶ノ水駅まで歩いたんだ？

頭の中は疑問でいっぱいだった。

総武線の車内は空いていた。「静男」は腰を下ろし、抱えていたカバンから新聞を取り出して読み始める。

新聞の好きな男だな。

和男は、同じ車両の離れたところにそっと腰を下ろした。「静男」が動けばすぐに分かる位置である。

健康のためだろうか？　ひと駅歩くようにしているとか？

そんなことを考える。

結局、「静男」は西荻窪で降りた。

改札を出るのかと思いきや、トイレに入る。

和男は自分もトイレに入るかどうか迷ったが、結局入らずに構内をぶらぶらしながら彼が出てくるのを待った。

しばらくして、「静男」が出てきた。

驚いたのは、彼が着替えていたことだった。勤め人の格好が、まるで学生のような格好になっている。

汗を掻いたから？　あの、汗を掻かない男が？

疑問に思ったが、とにかく後を追う。

今度こそ、改札を出た。

少し距離を置いて出る。

駅から離れ、住宅街に入るといきなり暗くなる。和男は、彼を見失うのではないかとひやひやした。

住宅街の路地を進む。

これは、ヤサだ。自宅に違いない。

和男はかすかに興奮していた。この男のねぐらを押さえられる。

心拍数が上がっているのが分かった。

これだ。この感覚。今まさに、対象を追いかけているという興奮。

うねうねとした路地を抜けたところに、そのアパートはあった。

ひっそりと佇む、古いアパート。こぢんまりしているが、しっかりした造りで、管理もきちんとしているという印象を受けた。

二階建て。一階に四室、二階にも四室。

「静男」はするすると階段を上がり、二階の角部屋のインターホンを押した。

『ハーイ』

若い女の声が聞こえて、和男は自分がぎょっとしたことに自分で動揺した。

女のところか。

ドアが開き、「お帰りなさい」という声がして、「静男」が部屋に吸い込まれ、再びドアは閉じられた。

和男は、腑抜けた表情のまま、じっとそのドアを見つめていた。

何を呆然としてるんだ、俺は。

しかし、激しく動揺しているのは間違いない。

まさか、女と一緒に住んでいるとは。

なぜかは分からないが、和男はあの「静男」がてっきり独身の一人暮らしだとばかり思い込んでいたのだった。

まさか、家族がいるとは。

それとも、女の家なのか？

だが、女の声は至極普通で、同棲しているとか、転がり込んでいるという雰囲気ではなかった。

結婚してたのか。

和男は拍子抜けした。

なんだなんだ、謎の男と思いきや、俺の買いかぶりで健全な一般市民だったのか。

落胆と徒労感が込み上げてくる。
あんなに歩いて、あんなに移動して、こんな結末とは。
ちぇっ、わくわくして損したな。
和男は引き揚げることにした。急速に身体が重く感じられてくる。
まあ、つかのまスリルを愉しんだってことでいいか。
そう自分に言い聞かせる。
それでも、帰りしな、和男は郵便受の名前をチェックした。
部屋の位置からすると、ここだな。

二〇四　神山

ラベルにサインペンでそっけない文字。
あいつ、神山というのか。名前は雰囲気にぴったりだが、単なる家庭人だったとは。
神山。定規を当てて書いたらしく、かっちりとしたまっすぐな文字。
あれ、あいつ、どんな顔だったっけ？
歩き出しながら、和男は記憶を辿った。
人の顔を覚えるのは得意なはずなのに、思い出せない。

必死に顔を復元しようと試みるが、どうしてもぽっかりと顔の部分が穴になって、全く出てこない。

どうしたことだ。覚えにくい顔だと思ったことは覚えているのだが。

和男は西荻窪駅に辿りつき、電車に乗り込んだ時もまだ「静男」の顔を思い出そうと努力していたが、その日はついに出てこなかった。

6

和男は、連続殺人事件の現場を歩いてみることにした。

最初の事件とされるのは二月半ばに中央区日本橋で起きたものだ。

日本橋、と名前だけ聞くと「どうしてそんな都心の人目につきやすいところで殺人を？」と思うが、日本橋の実態は巨大なオフィス街であり、時間帯によっては通り一本外れるだけで、街灯も少なく全く人気がなくなる。

案の定、現場は日本橋の大通りから外れた、小伝馬町《こでんまちょう》の端の古いビルの並ぶオフィス街の一角である。

防犯カメラもない、ひっそりした交差点だ。

雑居ビルのガレージの前に倒れていたという現場は、確かに夜八時以降だったら翌朝まで見つからないだろうと思うような、都会のエアポケットのような場所だった。

実際、発見者は翌朝出勤途中のサラリーマンだったらしい。

和男はいろいろな角度から現場の写真を撮った。

第二の事件は千代田区内神田。

これまた、古く狭い路地の奥で、夜は真っ暗。飲食店も多いが、暗がりも多く、人気のない場所が多いのも同じである。

発見者は近くのビジネスホテルの従業員だった。こちらも、早朝出勤してきて発見。

第三の事件も同じく千代田区だが、こちらは九段北にある公園の中で、やはり夜は真っ暗で人通りも少ないため、事件を目撃していた者は未だ見つかっていない。

発見者は、翌朝、この辺りをジョギングしていた近くの大学の運動部に所属する学生だった。

それに、犯人は手を使わず、「イロ」を使って被害者を窒息させている。「イロ」を使うためにはそんなに離れたところにはいなかったはずだが、傍から見れば、揉《も》みあうでもなく、一人で発作か何かを起こしたとしか思えなかっただろう。

それにしても、現場を見て回ってみると、犯人の周到さが気味悪かった。

そいつは、被害者の行動をずっと観察していたはずだ。三人とも、職場からの帰宅途中を狙われているからである。しかも、現場となる場所もよく吟味してあった。知っていなければ絶対に来ないようなところばかりだ。

それでなくとも、一般に公表していないHPUのメンバーばかりが狙われているのである。犯人は多くの情報を手に入れられる立場にあることは明らかだった。

通勤途上——

ふと、何かが引っかかった。

和男は、これまでに撮った現場の写真をしげしげと見比べた。

自動販売機。

これか。

どの現場にも、自動販売機があり、その近くに被害者が倒れていた。

自分にも覚えがあるが、出勤途中に使う自動販売機というのはだんだん決まってくる。好みの飲み物が入ったものを選ぶのは当然だが、なんとなく通勤のリズムに組み込まれて、その一本が習慣になるのだ。

帰りもしかり。人によっては、朝は飲まなくても、帰りにホッと一息つくために足を止めて飲み物を買うという者もいるだろう。

どちらにせよ、自動販売機を使うためには、足を止め、硬貨を入れ、ボタンを押すという作業が必要になる。

道路に背中を向けた、無防備な姿勢ともいえる。

ましてや、「イロ」を使うには、相手がじっとしているほうが集中できるに違いない。あるいは、一緒に飲み物を買うと見せかけてもいい。それなら、見知らぬ者が近寄ってきても不自然ではない。

和男は、犯人の取った行動が目に見えるような気がした。

恐らくは、自分も平凡なサラリーマンを装っているだろう。

ありふれたスーツにネクタイ。使い込んだカバン。

出勤の途中に、あるいは帰りに、自動販売機で缶コーヒーを買って飲む男。

いつも同じ場所で、同じ男に会う。

なんとなく顔見知りに。

目で挨拶し、自動販売機にコインを入れる。

知らない者どうし、無言で缶を傾ける二人。

言葉を交わしただろうか？　無言の会釈だけか？

やがて飲み終えた缶を自動販売機の隣のゴミ箱に入れ、足早にそこから離れる。これなら、相手も警戒しないだろう。

和男の頭の中で、それはいつしかあの「静かな男」になっていた。

雑居ビルの前で、無表情に缶コーヒーを飲んでいたところが目に浮かぶ。

そう、あんな男と通勤途中で毎回一緒になったって、姿が消えたとたん、すっかり顔も何もかも忘れてしまうだろう。

そう、あの男だったら――

あいつの勤め先だったら、どの現場にも近いな。

ふと、そんな考えが浮かんだ。

わざわざ御茶ノ水まで歩いて電車に乗った「静男」。あちこち歩き慣れた、地理を把握している者の歩き方だった。

あいつなら、九段北も、内神田も、小伝馬町もじゅうぶん、徒歩圏内だ。

むろん、自分が突飛な想像をしていることは承知していた。たまたま見かけたあの男が、連続殺人事件の犯人だなどというのは、偶然にもほどがある。ちょっとばかり尾行に時間を掛けたから、何かに結びつけたい、元を取りたい、という心理が働いているのも分かっている。

分かっている。これは俺の妄想だ。

分かっている。これはこじつけに過ぎない。

だが。

雑居ビルの前で、無表情に缶コーヒーを飲んでいる――

和男の足は、自然と「静男」の勤務先に向かっていた。

7

小さなビルなので、ワンフロアに一社しか入っていないらしい。

ビルの郵便受を覗くと、このあいだ最後に電気が消えて「静男」が出てきた最上階は五階。安っぽい白いネームプレートには、そっけなく「辰巳企画」の文字があった。

住所と名前から電話帳を引いてみるが、該当するものは載っていなかった。

こうなると、契約している週刊誌の編集部のほうが頼りになる。

調べものが得意な、資料部のスタッフにこっそり調べてもらうことにした。

「何これ？　どこかの組のトンネル企業かなんか？」

怪訝そうな顔をされたが、「手の空いた時でいいから」と、今度一杯奢る約束で頼み込む。

「じゃあないなあ。岩ちゃんの頼みだ」

スタッフはそう言って恩を着せたが、この時期、ヒマなことは分かっていた。

数日後、和男の家に電話が掛かってきた。

前の晩にしこたま飲んでしまい、口の中がべたべたして気持ち悪い。

それでも、電話だけはどんな時でも必ず取る、という習慣が身体に染み付いているので反射的に受話器を取った。

「岩ちゃん、これ、変な会社だね」

困惑した声が聞こえてくる。

それが資料部のスタッフだと気付き、和男は慌てて電話の前に座り直す。

「何の会社なんだ？」

「データリサーチ——地味ーな調査会社」

「データリサーチ？」

「うん。一応ねえ、財団法人の下請けってことになってる」

「財団法人？」

「うん。全国の国立大学で作ってる医学・薬学系の学会運営のための財団法人。そこの孫請けで、主に精神医療に関するデータリサーチを行ってるということしか分からない」

「精神医療？」

思わず聞き返した。

「うん。たぶん、大元で資金を出してるのは、国立精神衛生センターだと思う」

「国立精神衛生センターだと？」

和男は頭を殴られたような気がした。

「そう。でもたいしたことはしてないみたいだなあ。商社っぽいことも業務のひとつになってるけど、社員も五、六人しかいないみたいだしね。ま、国立精神衛生センターは大金持ちだから、誰かが天下りのために作ったのかもね。役員とか、ポスト作りのために。そういう会社は掃いて捨てるほどあるから」

国立精神衛生センター。

その意味するところ——深く関わっているもの——それは「在色者」である。

もしかすると——偶然ではないのかもしれない。

「もしもし？　で、いつ奢ってくれんの？　俺さあ、今度の水曜が都合いいんだけど」

声が遠くなる。

もしかしたら——本当に。

和男は受話器を握りしめたまま、一人で抑えた興奮に浸っていた。

8

和男のスイッチが入った。

賞金稼ぎとしてのスイッチ。狩人としてのスイッチ。人間の、人生の、ダークサイドである犯罪というものの探求者としてのスイッチ。

この瞬間からしばらくのあいだ――この世で自分だけが凄いネタに気付いているという優越感、充実感は、何物にも代えがたい――まさに「生きている」という実感が湧く時間だ。

普段の、どんより殺伐とした退屈な時の彼が嘘のように、表情も活き活きとして、全身にパワーが満ちてくるのが自分でも分かる。

それは周囲にも分かるらしく、何か岩ちゃんがつかんだらしい、と週刊誌の編集部内で囁かれていることも気付いていた。

何か凄いネタつかんだらしいじゃない、どっち関係？

まさかアレ、大蔵省幹部の収賄《しゅうわい》の件？

そんなふうに、ライター仲間や編集者がカマを掛けたり、探りを入れてくるのも誇らしい。

いやいや、まだ分かんないよ。

まだ海のものとも山のものとも知れないんでね。

小さく肩をすくめて軽く受け流す。

そう、実際、まだ何も分かっていないのだ。

和男はそう自分に言い聞かせ、気を引き締める。

神山が国立精神衛生センターに関係する者であるということ以外は、まだ何も。彼が今、首都で起きている連続殺人と関係あるのではないかという疑念は和男のこじつけと妄想に過ぎない。

だが、いよいよ確信は強まるのだ。

あの男には、絶対に何かがある。巧妙に隠された、得体の知れない何かが。

和男は、神山の生活パターンを把握することにした。

平日は何度か様子を見たが、土曜日や休日の様子も見たい。しかし、さすがに和男一人でずっと見張っていれば、人目につきやすくなる。あの男、前にも見た、最近よく見る、などと思われることは避けたい。見張られていることに気付かれてはならない。

以前、週刊誌の編集部でアルバイトをしていた学生を使うことにした。

公務員試験に受からなかったので、わざと留年しているという女の子で、今は通信教育の添削をしているという。もう編集部へは出入りしていないから、編集部に和男のことを漏らすことはないだろう。むろん、和男に仕事を頼まれたことや、その内容については絶対に誰にも話すなと念を押してある。目端のきく、勘のいい子なので、和男のいわんとするところはすぐに理解してくれた。もっとも、「添削の時間取られますよねぇ」と和男に意味ありげに笑ってみせたので、バイト代は多少色をつけて弾まねばなるまい。ちゃっかりした奴だ。

が、二十歳前後の今ふうの女の子というのは、誰も警戒しないので、見張り要員としてはなかなか重宝である。

念には念を入れ、他にもう一人、ツテを辿って見張りを頼んだ。いわゆる便利屋で、前に何度か使ったことのある男だ。余計な好奇心は見せない、口の固い男である。仕事と割り切っているのだろう。つなぎの作業服を着るように頼む。制服を着た人間というのは「見えない」人間だ。どこにでも出入りできて、誰も顔を覚えていない。

見張りを任せて、和男はあの神山なる男の素性を洗うことに専念した。

和男自身が何度か神山のアパートを訪ねた際、こっそり郵便受の中身を見せてもらった。奴の名前は神山倖秀《ゆきひで》というらしい。同居の女の名前はどこにも書いていなかったし、郵便にも見当たらない。

そもそも、郵便が少ない家だった。時折入る見張りの報告によれば（彼らにもしばしば郵便受をチェックさせた）、二人には私信めいたものが全く来ないという。

一人暮らしの和男でさえ、ダイレクトメールや請求書で、三日も留守にすれば郵便受がいっぱいになってしまうというのに。

なんだか、この二人は奇妙だ。別に隠れているというわけでもないのだが、地味にひっそり暮らしているという印象なのだ。

神山倖秀の情報も、あきれるほど少なかった。来歴不明。まるで突然どこからか湧いてきた人間のようで、個人に関する情報が全く手に入らない。

これはいったいどういうことだろう？

和男は混乱した。

見張りから入ってくる情報も、めぼしいものは何もなかった。相変わらず帰宅のルートはばらばらで、あちこち遠回りして帰ってきたり、しばしば駅で着替えたりもするが、どこかに寄るわけではないし、実に地味な生活だった。

一緒に住んでいる女のほうもつけさせてみたが、主婦のようで、食料の買い出しなどの家事で外出するだけ。友人に会う様子もないし、一人でお茶を飲んだりすることもない。

とても綺麗で落ち着いた子だが、とても若いような気がする、とアルバイトの女の子は言っていた。もしかすると十代かもしれません。あの子、ひょっとしてきょうだいじゃないですか？　そう首をひねっていた。

二人に共通して何か目立つ行動といえば、よく図書館に行くことだった。女のほうは、しばしば平日に近くの区立図書館に通っている。本を借りているというよりは、何か勉強しに行っているようだ。たぶんあれ、大検のテキストだと思います。公務員試験のガイドも見てるし、いろいろ並行して資格試験の準備と勉強してるみたい。

自分も公務員試験を受けているだけに、目についたらしい。

倖秀のほうは、主に土日に図書館に行っていた。近くの区立図書館だけでなく、しばしば区の中央図書館にも向かう。

こちらは、本を読んだり、新聞や雑誌を読んだり、調べものをしたり、その時々で利用内容は異なっていた。本を開いたまま、ぼんやりしていることも多いという。データのリサーチが仕事なのに、休日も図書館？　それとも、習い性で根っから調べものが好きなのだろうか？　だが、ただぼんやりしているというのは解せない。

見張りをつけて、三週目を迎えていた。

しかし、神山はいつもどおりの平凡な生活を続けている。

嵩《かさ》む人件費を目の当たりにしながら、和男は徐々に焦りを感じていた。

俺の気のせいなのか？　やはり、あの確信はただの妄想に過ぎなかったのだろうか？

そう思い始めた時、またしても殺人事件が起きたのである。

9

電話が鳴っている。

取らなければ。

和男は、夢の底で必死に手を伸ばそうとしていた。見張りを始めた時の高揚感が、徐々に焦燥と不安に変わり始めていて、それを打ち消そうとして気分転換のつもりで飲んだ、昨夜の酒がよくなかったということは、夢の中でも自己分析していた。

くそ。身体が重い。

のろのろと手を伸ばし、手探りする。腕がずきずきと痛み、嫌な疲労感が残っていた。

酔ってどこかにぶつけるか何かしたらしい。

頭の中はどんよりして、なんの絵も結ばない。

不快な黒っぽい残像と、怒りの残滓《ざんし》のようなものだけがある。

執拗に電話のベルは鳴り続ける。いつもは届いているはずの距離が、今朝はやけに遠い。

苦労して身体を起こした。

ようやく手が届き、目を閉じたまま受話器を耳に持ってくる。

「——はい」

出したつもりの声が、一拍遅れて聞こえた。こいつは調子が悪い。かなりの二日酔いだ。

そう思ったのと同時に、声が聞こえた。

「また例の死体が出たぞ。人形町だ」

ひどく静かで、その癖ハッとさせられるような、冷たくて正気の声だった。

和男は「えっ」と反射的に起き上がろうとするが、ずきんと頭が痛んで、「あいたた」

と頭を枕に押し付けた。

「なんだって、おい」

慌てて受話器に聞き返すが、もう電話は切れていた。


あれは誰の声だったんだろう？

寝ぼけまなこで歯をみがき、椅子の背に重ねてあるものの中からマシなシャツに着替えてアパートを飛び出してきたが、耳の底に残った声は、和男の脳に黒い染みのようにまとわりついていた。

編集部の人間でもなければ知り合いの捜査官でもない。それとも、捜査官が誰かにリークさせたとか？

まさかね。

和男はゆるゆると首を振った。

そんなことをする理由のある奴なんていない。だが、確かに電話は掛かってきた——悪戯《いたずら》電話とも思えない。

狐につままれたような心地で人形町に辿り着いた時にはもう日が高くなっていたが、ブルーシートが掛かった一角と、動き回る鑑識職員を目にしたとたん、いっぺんに目が覚めた。

和男に目を留め、あからさまに渋い顔をする捜査員がいる。

「ったく、どこで聞きつけてきたんだ？　こっちも着いたばっかりだっていうのに」

胸がどきどきしてくる。

「やっぱり例のなんですか」

そう尋ねると、無言である。つまり、同意しているということだ。

「これから作業だ。行った行った」

そう言って、追い払うように手を振ると、ゾロゾロとシートの奥に入っていく。

これまた、ひっそりとした裏通りの目立たない場所だった。

周囲を見回す。パッとそれが目に入った。

あった。自動販売機だ。

和男はその場に棒立ちになった。

やはり、あの連続殺人なのだ。

不意に背筋が寒くなった。頭のどこかに残っているあの声。

いったい誰が？　俺の電話番号をなぜ知っている？　鑑識と同時に俺がここに着いたということは、あの電話の主は、事件が起きたのをほぼリアルタイムで知っていたのだ。

つまり、目撃者あるいは——犯人。

ゾッとするのと、興奮とが、同時に全身を走りぬけた。

10

奇妙なことに、確かに今度の被害者も自動販売機のそばで早朝殺されているのを発見されたのだが、今回は首に指のあとが残っていたという。これまでは全く痕跡がなかったのに。

作業が終わるまで粘っていた和男に対し、なんのかんの言いつつも、捜査員がソッと漏らした情報である。

同一犯なのか？　それとも模倣犯？　あるいは別の事件なのか？　それとも、「イロ」がきかずにやむなく素手で手を下したか？

和男は新聞を手に、見出しを読むふりをしながらぶらぶらとその大テーブルに近付いていった。

日曜日の区立中央図書館。

新聞や雑誌の並ぶ広いロビーには、大きなテーブルが並べて置いてあり、席のほとんどが埋まっていた。だから、空席に座っても不自然ではない。

あの男の隣の席がたまたま空いていたから、俺はあそこに座るのだ。

新聞に集中している様子を装い、さりげなく男の隣の椅子を引いて、腰を下ろす。

神山倖秀は相変わらず存在感がなかった。長身で、姿勢がいいのに、その場の空気にあっさり溶け込んでいる。

テーブルを囲む人間の年齢はさまざまだった。年寄り、若者、働き盛り。それぞれが明日から再び始まる次の週の労働、あるいはそうでない退屈な時間の予感にじっと耐えているように見える。

ラフなシャツとジーンズという姿の神山は、テーブルの上の本に目を落としていた。

今日は読書に集中しているようである。

ちらっと覗き込むと、詩集のようだった。

詩集。そんな趣味があるとは。

和男は新聞を眺めながらも、隣に座っている男に意識を集中させていた。

あの男が、今すぐそこにいる。少し身体を傾ければ、触れることができるくらい近くに。

見張りは打ち切らせていた。

代金を払って、二人に仕事は終わったと告げた。

和男は、再び自ら見張りに立つことを決心していた。

俺は、どうしてもあいつの声を聞かなければならない。そういう衝動に駆られていたからである。

あの朝聞いた電話の声。あれはこの男の声なのか？

男は静かに詩を読み続けていた。

こうしていても、最初の時と全く印象が変わらない。とても静かで、彼の周りだけ気温が低くて、存在感が希薄だ。本当に、思慮深くて、目立たなくて、ただおとなしいだけなのだろうか。

直近の事件の晩、彼がどこにいたのかは分からなかった。見張りは、彼が家に着いたのを確認したところで引き揚げてしまっていたからだ。判で押したような生活を送っている男。夜中に抜け出していても、分からなかっただろう。

和男は胸ポケットからボールペンを取り出した。

どうやってこいつの声を聞けばいいのか。話しかけるのは不自然だろうか。

と、ポケットの中から、すっかりちびて丸くなっている消しゴムが飛び出して、ころころとテーブルの上を転がっていき、隣の男の本に当たった。

男がふと顔を上げ、こちらを見た。

「失礼」

和男が会釈して手を伸ばすと、男は消しゴムを手に取って渡して寄こした。

「ありがとうございます」

お辞儀をして、彼の前のページが目に入った。

「――詩、ですか」

うまく話しかけるきっかけができたことに気付く。

「はい。ウイリアム・ブレイクの詩です」

神山も、特に警戒するでもなく、淡々と返事をした。

想像したよりも明るい声だった。

電話の声だろうか？

もはや、比べられない。人は、その時その時で声のトーンを上げたり下げたりするし、相手によって響きを変えたりする。

「ウイリアム・ブレイク。働き盛りの男性が読むのは珍しい気がしますが」

神山は肩をすくめた。

「その通りです。僕も昔は詩なんか読んだことがなかった」

「この世の中、およそ詩なんてものは必要とされてませんものね」

和男は調子を合わせる。

それは実感だった。かつては文学青年だったこともあったが、現実とのあまりの乖離《かいり》に虚しさを覚えたのは、いつのことだったたか。

「そう。腹の足しにもならないし、慰めにもならない」

神山はテーブルの上で腕を組んだ。

「だけどね。最近思うんですよ。世界は過酷で残酷だ。だからこそ、逆に、この世はこの上なく詩的だ。文字で描かれたもの以上に」

「詩的？」

和男は思わず聞き返した。

「ええ。僕には詩は分からない。解釈だの、詩人の心情だの、そんなものに興味はない。だけど、奇妙にしっくりするものはある——歳月を超えて、リアルに迫るものがあって、不思議と気になったり、何が言いたいのか考えたくなるものもある」

「へえ。例えば？」

和男は純粋な興味を感じていた。

今や、この男のすることよりもこの男自身に惹かれていることに気付く。

こんなに近くにいるのに、やはりとらえどころがなく、イメージが定まらない。浮世離れしているようでいて、シビアなところもある。

「例えば、これです」

神山は古いページをとんとんと指で叩き、低い声で読み始めた。

「夜毎に朝毎に
みじめに生れつく人あり
朝毎に夜毎に
歓びに生れつく人あり
歓びに生れつく人あり
終りなき夜に生れつく人あり」

その詩を、和男はどこかで聞いたことがあるような気がした。確か、最後のフレーズは、何かの推理小説のタイトルになっていたのではなかったか。

「ふうん。どういう意味なんです？」

「さあ、分かりません」

神山はあっさり首を振った。

「罪無き者の予言、というタイトルが付いてます。ぱっと読んだ感じじゃ、人間の運不運について歌ってるような気がしますよね。ただ、最後の一行。終りなき夜に生れつく人あり。これが分からなかった」

神山はその一文を指でなぞった。

つかのまの沈黙。

不思議だ。この男が黙っていると、その静寂にこっちまで呑み込まれそうな気がしてくる。いや、俺だけではない。この世界そのものが、この男の真空に吸い込まれて消えてしまいそうな。

「でも、いる。確かに、いる。終りなき夜を——永遠に終わらない夜を生きている人間も、この世には確かに。そんな気がするんですよ、最近」

神山は、ふと思いついたように和男を見た。

目が合う。

和男は奇妙な動揺を覚えた。

なんだろう、この目は。何も浮かんでいない。虚無。闇。

ざわつく感覚。

男の後ろに、さあっと暗闇が広がっていくのを見たような気がした。

いや、夜だ。この男は一人暗いところに棲んでいる。確かに、彼のいうように「終りなき夜」をひとりで生きているのだ。

なんの表情も読み取れない目。暗い鏡のような目。今、この男の目には俺が映っている。この男は俺を反射するだけ。彼は空っぽだ。俺は、自分の姿を、鏡のようなこの男の中に見ているだけなのだ——

そんなことを考えていたのは、ほんの一瞬だったに違いない。

神山は腕時計に目をやり、「そろそろ行かなくちゃ」とすっと立ち上がった。

「では、失礼します」

軽く和男に会釈をして、すたすたと離れていく。

少し遅れて、和男は夢から覚めたような心地になった。

なんだろう、今の不思議な感じ。

思わずきょろきょろと辺りを見回したが、神山はとっくに姿を消していた。和男は、彼がいたはずの館内を、幻でも見たかのように青ざめた顔でぼんやりと眺める。

11

和男は見張り続けた。

似ているようで少し異なる日々が過ぎていく。

何がこんなに俺を惹きつけるのか。本当に奴が犯人なのか。

彼の中で、何かがじりじりと燃えている。熾火《おきび》のようなものがくすぶり、黒い煙がぶすぶすとたちこめている。

俺は何をしているのか。どうしてこうやって奴の姿を求めて立ち続け、歩き続けるのか。

和男は息苦しさを覚えた。

この、渇きにも似た感情は何だろう。

原稿を書く合間も、一日の終わりにコップ酒を呷《あお》る時も、その感情は彼を苛《さいな》み続けていた。

あの男はいったい「何」なのか。

そう繰り返し自分に問いかけずにはいられなかった。

「何者」ではない、「何」としか呼びようのない、どこか無機質で、存在のむき出しになった「何か」。いや、もしかすると「何か」ですらないのかもしれない。俺が焦がれているのは、求めているのは、あの男の目かもしれない。あの黒い鏡に映るおのれの姿を見たいだけなのかもしれない、あの不思議な黒い瞳。すべてを沈黙に均《なら》し、吸い込み、跳ね返す。かといって硬いガラスでなく、深い山の奥の湖面のように、底知れぬ水面下では何かが揺れている、うねっている。

和男は男の姿を追い求める。ただ見つめる。

憑かれたように。ほとんど恋い焦がれていると言っていいほどに。

連続殺人の捜査は行き詰まっているようだった。

新たな進展は見られず、世間は警察を責めた。HPUは沈黙を守っており、まだあの犯行が在色者によるものだという情報は漏れていない。

ただ、最後の犠牲者はHPUのメンバーではないらしい、模倣犯の可能性が高い、という話は伝え聞いていた。

いったい何日が過ぎたのだろう。

新たな事件は起きていない。

猥雑で煩雑、それでいて退屈な日常。

どんよりとした眠り、身体を横たえ、休めるためだけの飲酒の果ての、出がらしのような眠りの途中に、電話が掛かってくる。

のろのろと腕を伸ばし、反射的に受話器を取る。

いつか聞いた声がする。

「明日、午前三時に国立劇場に来い」

12

月のない、どこまでも静かな夜だった。

千代田区隼町《はやぶさちょう》。

闇の底に横たわる黒い建物。その向こうにうっすらと白くそびえるのは最高裁である。

和男は、のろのろと一人歩いてきたものの、戸惑いは隠せなかった。

俺は何しにここに来たのか？　あの声を聞いたのは、明け方の夢だったのではないだろうか。飲んだ翌朝の夢は、しばしば現実のことなのか夢の中でのことなのかが曖昧だ。あの声を聞きたいと潜在的に願っていたせいで、自分で作り出した声が聞こえてしまったのではないか。

人っ子一人おらず、車も思い出したようにしか通らない。

この辺りの闇の深さは、人気のなさのせいだけではない。近くに広がる政治の世界、国の中枢が内包する闇そのものの昏さと重さで、どこまでもずぶずぶと沈んでいきそうだ。こんな男一人、たちまち見えなくなり、消え失せてしまうだろう。

全く人の気配はなかった。

ねっとりとした闇。

どこかとても遠いところで犬が吠えている。

和男は、まだ夢の中にいるような気がした。

時間が過ぎていく。五分——十分——十五分。もう三時を回っている。

やはり夢か。いい加減、なんとかしなくては。

疲労感と共に、ぼんやりと考えた。いつまでもこんなことに時間をかけていてもしょうがない。どうもこの件は、記事にはまとまりそうにない。いや、まとめられる気がしない。

首筋を揉み、踵を返そうと宙に目をやった瞬間。

何かが浮かんでいることに気付いた。

和男は上を向いたまま動けなくなった。

あれは——宙に浮かんでいる白いものは——

いや、白を通り越して土気色になっているあれは——男の顔だった。

顔だけではない。その白いものの下には、身体が付いていた。だらりとしたスーツ姿の男が、まるで宙の一点にあるフックに掛けてあるかのように、地面から十五メートルほどの高さにピタリと浮いているのだ。

和男は自分が見ているものが信じられなかった。

やはり、これは夢。

何かが頭の中でぐるぐると回っている。

「これが、見たかったんでしょう?」

背後で声がした。

あの声。電話の声。そして、どこかで聞いたことのある、冷たく正気の――

振り向くと、そこにあの男が立っていた。和男が焦がれていた男、ずっと姿を視界に収めようとしてきた男、一度だけ図書館で会話を交わした男。

「神山」

和男は反射的にそう呟いていた。

名前を呼ばれても、その男は全く動じなかった。

「あなたはずっと私をつけまわしていましたね。岩切和男さん」

あの黒い鏡のような目が、少し距離を置いたところで一対、彼を見つめていた。

和男がその時感じたのは深い安堵だった。

「やっぱりあんただったのか。俺の妄想ではなく」

神山は、つかのま黙り込んだ。

「何が？」

「この辺りで、HPUのメンバーを、手を使わずに殺し続けていた奴だよ。俺の勘は間違ってなかったんだ」

和男は、はしゃぎたいような興奮が込み上げてくるのをこらえられなかった。思わず小躍りしたくなるほどだ。

が、神山の表情は変わらず、ほんの少しだけ首をかしげた。

「僕が？　何をしたって？」

「いや、だって」

和男は不満そうな声を出した。なんだ、この他人事のような顔は。

「あんたは、国立精神衛生センターの孫請け会社に勤めているし、事件はあんたの通勤路の周りで起きていた。こんなことができるのなら、手を使わずに人を殺せるだろう」

「そう勘違いするのは分からないでもないですが」

神山は更に首をかしげ、つっ、と宙を見上げた。

と、次の瞬間、土気色の顔が墜落してきた。

どさっ、という重く鈍い音を立てて、男がくたくたの人形のように地面に横たわる。

どう見ても、それはとっくに命が尽きていた。

こうしてみると、さっきの宙ぶらりんの男は、まるで黒子が動かしている文楽人形のようだった。国立劇場を選んだのはしゃれのつもりだったのだろうか。

神山は無表情にそれを見下ろす。

「確かに、私はこの人を殺しました。けれど、私は犯人ではありません」

今度は和男が首をひねる番だった。

「何を言ってるんだ。殺人を認めておきながら、犯人じゃないなんて」

「――この男は」

神山は静かに呟いた。

「その三件の殺人を犯した犯人です」

13

「――なんだと？」

一瞬、神山が何を言ったのか聞き取れず、不自然な間の後に、和男は愕然とした。

「今、なんと言った？　この男が？」

「はい。ここ半年余りのあいだに、隠れＨＰＵのハブ幹部を殺した男です」

「ええ？　こいつが？　誰なんだ、こいつは」

「まあ、名前などはどうでもいいですが、この男も隠れＨＰＵの一人です」

「はあ？」

和男は再び聞き返した。

「在色者じゃないか。なぜＨＰＵに？」

神山は左右に首を振った。

「あなたなら、職業柄よく分かっているはずだ。ＨＰＵは一枚岩ではなく、さまざまな組織があって、長年の軋轢《あつれき》と確執によって複雑なねじれ状態を起こしていることを。在色者を憎んだり、規制しようと思っている在色者も少なくはない。今回のこの連続殺人は、反HPUではなく、単にHPU内の権力争い、内輪揉めだったんですよ」

「そうだったのか」

HPUはそのことを知っていたのだ。

だから、HPUは事件について沈黙を守り、その内部から報復の動きが出ることがなかったというわけか。

「じゃあ、あんたは、その犯人を」

和男は、地面に横たわった男を見下ろした。

命の炎の消えた、ただの物体。

「はい。これで、もう連続殺人は起きないはずです」

阻止した、というのか。

「なぜ、そんなことを」

「あなたが僕をつけまわしていたからですよ」

「俺が？」

和男はギョッとした。

「はい。あなたがなぜ僕をつけまわすのか最初は理解できなかった。若い女の子と作業着の男まで使って——最初は公安かと思いましたが、どうやらそうではない」

気付かれていたのか。

和男は内心赤面し、冷や汗を掻いていた。うまくいっていると、決して気付かれていないと思ったのに。

「で、あなたが僕を調べたように、僕もあなたを調べてみたし、あなたをつけてみました。すると、あなたはその連続殺人を追っていて、どうやら僕がその犯人だと思っているらしい」

和男は苦笑した。

「すべてお見通しか」

背中に冷たいものを感じる。

尾けているつもりで尾けられていたとは。いったいいつから？　全く気付かなかった。慣れているはずの俺が気付かなかった。それは、つまり、この男もそういうことに長けているのだ。

帰宅のコースを変える——毎日違うところに行く——時には着替える——あれもまた、用心のひとつだったのか。それとも、俺がつけていることを確認するための行為だったのかもしれない。もしかすると、最初から奴は俺のことに気付いていたのかも。

「まあ、遅ればせながら僕も興味を持ちまして。うちにもいろいろＨＰＵのメンバーについては情報がありますから、調べてみました。それで、この男に辿り着いた。この男は、都内のオフィスに文房具等の備品を届ける仕事をしていました。それこそ、あなたが僕を見張るのに付けたような、制服姿の『見えない』男です。このままあなたに追い回されて痛くもない腹を探られるのも、HPUのメンバーが内輪揉めで殺し合うのも、どちらも勘弁してほしい。だから、この男に、君のやっていることを知っている、口外されたくなければ今夜ここに来いと連絡しました」

淡々と、マニュアルの説明でも読み上げるように話す神山を、和男は気味の悪いもののように見た。

「なぜ？　なぜ殺した？　警察に突き出すとか、匿名で通報するとか、いくらでも他に方法はあっただろう。どうして、こんなことを？」

そう問い詰めつつも、和男は空恐ろしい心地がした。

さっき、この男が口にしたことを覚えていたからだ。

「――あなたが見たがっていたからですよ」

神山はもう一度そう言った。

「俺のせいだというのか」

和男は自分の動揺が声に出ているのを感じた。

神山は、興味なさそうに、顔をそむけ、夜の闇に目をやった。

「あなたの書いたものを読みましたよ」

和男はハッとする。

「正直、僕は倦《う》んでいた。ただ日々を生きていくだけ。子供の頃の残滓を引きずって、その『残り』を生きているだけだった。何も考えていなかった。ただ、町の中をひたすら歩き回り、東京の匿名性を体現するだけの毎日だった」

また、遠いところで犬が吠える。

「あなたの熱心さと情熱には、正直面喰らったし、鬱陶しかった。その一方で、とても不思議で、羨ましいものでもあったんです」

神山は、思い出話でもするようだった。

どことなく、口元に笑みが浮かんでいるように見える。

「終りなき夜に生れつく」

ぽつんと呟く声。

「あなたがあの日、図書館で僕に話しかけた時に気付いた。ああ、これは僕だ、と。そして、あなたでもある。僕たちは、同じ種族だ。永遠に終わらない夜を生きていく種族。そこでしか生きられない種族」

神山が、和男を見つめていた。

あの暗い鏡のような、何も読み取らせない、漆黒の闇で。

「そうか、結局、僕はこの終わらない夜を生きていくしかないんだな、あの夜に戻るしかないんだな、と思った。あなたが僕に引き寄せられてきたのも、そういうことだったんだ、と」

神山はきっちりと頭を下げた。

「お、俺は」

和男は口ごもった。

終りなき夜に生れつく。永遠の夜に生きる。

違う、と言いかけたが声にならなかった。

「この男が殺したのは三人です」

神山が地上の物体を見下ろし、そう呟いた。

「それがどういうことか分かりますか」

神山は和男を見た。

その意味が分からず、きょとんとする。が、何かが引っかかった。

うん？　三人？

連続殺人事件。

「じゃあ、このあいだの——直近に起きた事件は？　あれはこいつじゃなかったのか」

そう尋ねた和男を見た神山の目が、ほんの少し揺れたような気がした。

奇妙な目つきでじっとこちらを見つめている。

暗い鏡。

対峙するものの姿を映し出す――

「あれは、あなたがやったものです、岩切さん」

「え？」

「あの晩、泥酔したあなたが、こちらの世界に来ることをずっと望んでいたあなた、僕が犯人だと思いこみながらも、証拠がなくて確信できなくなっていたあなたが、模倣犯としてやったんです」

グラリと視界が揺れたような気がした。

まさか。

そう口の中で呟くが、何かが強く渦巻いていた。

あの朝、疲れ切っていた身体。身体が重くて、腕が痛かった。いつもならすぐに届くはずの受話器に届かなかったこと――

「まさか、そんな、嘘だ」

和男は口をぱくぱくさせた。

神山は首を振った。

「相手も酔っていた。互いによくない酒だったようです。ぶつかるか何かして、相手があなたに絡んできた。嫌な上司と別れたあとで、あなたに八つ当たりしたようです。先に手を上げたのは向こうだった」

あの時感じた怒りの残滓、あれは夢ではなく――

「嘘だ」

息苦しさに喘《あえ》ぎ、混乱する。

息ができない？

和男は、本当に息ができないことに気付いた。呼吸が苦しい。

「嘘、だ」

自分の身体がじわじわと宙に浮かぶのを感じる。身体は重いのに、首だけをつかまれて、上に引っ張られている。空中にクレーンか何かでぶらさげられているかのように。

たちまち頭に霞《かすみ》がかかり、全身に汗が噴き出した。

神山に向かって手を伸ばした。

届かない。

神山は、じっと和男の顔を見つめている。とても静かに、異様なまでに落ち着いて、かすかに興味すら覗かせて。

和男はじりじりと宙に吊り上げられていく。

首が絞まっていく。呼吸ができない。こめかみが張って、ぱんぱんになっている。目の前に霧がかかり、神山の顔が薄れていく。神山がこちらを見上げ、尋ねる。

「どうです？　今、何が見えますか？　それをずっと見たかったんでしょう？」

神山の声が――電話で聞いたあの声だけが、頭に響いていた。

「あなたには感謝しています。僕は、あなたのお陰でこれからの人生をどう過ごしていくのか、決めることができましたよ」

見える――何が見える？　何も見えない――いや――何かが見える――昏い湖が――黒い水面がそこに――今、俺はそこを覗きこむ。ずっと知りたかった、ずっと分け入りたかった、自分の中にあるどこまでも暗い深淵が。

首都の深夜。

そこには、もう命ある者の姿はなかった。

もう動かぬ物体が二つ、糸の切れた人形のように転がっているだけ。

まだ夜明けは遠く、その物体が見つかるまでには、職員が出勤してくるのを待たなければなるまい。

神山倖秀が、のちに恐怖と共に語られることになる、最初の凄惨なテロ事件を起こす、十四ヶ月前の出来事である。

解説

白井弓子

私が故郷を離れ、大阪に住んでもう数十年になる。この秋、仕事の切れ間が出来たので一人で実家に帰省した。昔はフェリーを使うか、新幹線から連絡船、予讃《よさん》線と乗り継いだが今は手軽な高速バスを使うことが多い。

バスが到着した松山市の市街地から郊外電車に乗り、故郷の家に向かう。電車はガタゴトと町を抜け橋を渡っていく。ひと駅ごとに山が近づいてくる。最寄り駅で降りると、駅前近くは住宅開発が進んでいる。それでも見通しのいい田んぼがまだまだ多い。

田んぼを貫く道路を歩くと南側には皿ヶ嶺《さらがみね》が見える。様々な野草が美しい穏やかな山だ。さらに東に目を移していくと、奥のひときわ高い山を覆うように雲がかかっていた。遠目ながら、天空に滝が流れるがごとき荘厳な眺めにしばし見入る。その山こそ、四国、いや西日本最高峰の山、石鎚山《いしづちさん》である。四国山地の青い稜線が二重、三重と重なり合う。そしてその向こうに……

途鎖《とさ》国がある。

さて、どこから「国境」を越えようか？　ぶ厚く横たわる山々を前に、私は途方に暮れた。伊予《いよ》からのすべての道に待ち構える入国管理官たちのことを思うと、ひどく気が滅入る。四国カルストの途鎖、伊予の国境上にある山荘にも管理官が常駐し、泊まり客を監視している。無断の越境が見つかればどうなるか考えるだに恐ろしい。海岸沿いの道路も鉄道も海も見張られているし、土讃《どさん》線などもってのほかだ。慇懃にして徹底的な調べから逃れることはできない。

だが行かなければならない。なぜならいまは闇月だから。もうこの世にはいない、大切な人に会いたいから……。

架空の高知――「途鎖国」を舞台にしたハードなSFファンタジー、『夜の底は柔らかな幻』を読み終わった私はつい、愛媛の実家で四国の山々を眺めながら「伊予の在色者」になりきってしまった。少々恥ずかしいものがあるが、それほどまでにのめりこんでしまったわけで、ご勘弁願いたい。

つい「在色者」という用語を使ってしまった。「在色者」とは何者か？　読んで字のごとく「色の在る者」。そう、この作品世界には「イロ」を持って「生れつく」ものがいる。手を触れずに物を動かすことができる、心を読むことができる、頭に直接情報を焼き付け送り込むことができる……いわゆる超能力、といったものだ。それを総称して「イロ」と呼んでいる。

ただし野放図にその「イロ」の力を使えるわけではない。力を使うことで心身につらい反動があり、強い力を使えば強い反動に悩まされるからだ。それが「イロ」をもって生れたものに大きな負担になるため、通常は薬物投与や脳の手術によって「均質化」され、ほとんど力を使うことはない。そう、ほとんどは。

また、「途鎖国」にはなぜか「イロ」を持つ者……「在色者」が多く存在する。そのため「途鎖国」は「在色者」の出入国を厳しく制限し管理している。そしてなぜか、山に入ることを禁じている(山！　四国のほとんどは山なのに！)。死者とまみえることができるという「闇月」の時期を除いて……。

山には何があるのか？　なぜ途鎖国にはイロを持つものが多いのか？　闇月に集まる個性的な在色者たちが駆け引きと激しい戦いを繰り広げ、その謎の真相に迫るのが長編『夜の底は柔らかな幻』であった。そして本作『終りなき夜に生れつく』はそのスピンオフ作品にあたる。

それにしても。なぜ私たちは、閉ざされたクニの、秘められた謎にひかれるのだろう。地理的に、あるいは様々な理由で閉ざされた土地。そこには秘密があり、謎の風習がある、そんな物語に。ある意味外側から見た、無責任なロマンにすぎないのかもしれない。

自分は開かれた側にいる、と信じている人間にとっては。だが本当にそうなのだろうか。私たちもまた何かから閉じ込められ、これが普通だと信じ込まされているのではないだろうか？　そんなうっすらとした閉塞感を、濃縮された物語として感じさせてくれるからではないだろうか。

　自分もそんなマンガを描くことがある。『天顕祭』や最近まで描いていた『大阪環状結界都市』がそうだ。前者は地理的な問題と汚染によって隔絶されている。後者は力を持つものが作り上げた結界によって外と隔絶されているが住人はほとんどだれも気付いていない。作中で次々起こる不穏な出来事……なぜそうなってしまったのか。原因はいったい何なのか。隠蔽しなくてはならない理由はある。ただし「由《よ》らしむべし、知らしむべからず」だけでは問題は解決せず、不安だけが残ってしまう。それでは平穏な生活は成り立たないので、不安をやわらげるために生まれ、ほどこされる習慣、そして信仰。たとえば池、湖、光にまつわる伝説。それらは生まれた時から目の前にあり、特段の疑問を持つこともなく過ごしているありふれたものとして残る。だが実は、そこに本質が示されていた。あたりまえに、目の前にあったのだ。そのことに気づいてぞくりとする瞬間が私は描きたいし、読みたい。

　『夜の底は柔らかな幻』で物語が真実に近づいていくとき、やはりその瞬間がある。有名な、四国八十八か所巡り。四国の者にとってありふれた光景。この物語の中にもお遍路さんはいる。なのに何かが違う。闇月の巡礼？　「おめもじ、かなえ――……」きいたことのない挨拶だ。これは何だ？　何かが少しずつずれている。そしてさらに、信仰の対象であったはずのあるものが、異様なすがたを見せ始める。ビジュアルが読者の脳内にしかない小説の怖さをあらためて思い知る。そこで語られているものは、私たちが知る「それ」なのか？　思わず背筋がぞっとしたのだった。

そんな風に物語の力によって現実の異化作用が進み、異様な戦いが繰り広げられる中でも、人物の描写は緻密で、社会のシステムは「イロ」の存在を前提に構築されており、決して絵空事のように思われない。そこが『夜の底は柔らかな幻』のすごいところだった。

本作『終りなき夜に生れつく』では本編で強烈な印象を残した在色者たちの背景がさらに掘り下げられ、人間味を味わえる作品集となっている。

『砂の夜』　本編で主人公有元実邦《ありもとみくに》に協力した医師――須藤《すどう》みつきと、今はバーのマスターだが当時は同じく医師であった軍勇司《いくさゆうじ》のエピソードだ。二人が働くアフリカの医療キャンプは、途鎖と同じく「イロ」の強い地域だった。ヒドゥ族の村で起きる不穏な現象と犯罪が二人を在色者をめぐる闇にいざなう。世界に広がる「イロ」の世界。それぞれにイロに影響された風習や信仰、そして差別があり、悲しい人間ドラマが起きているのだろう。そしてこの話に恐ろしい続きがあるらしいことも、私たちは知っている。本編と響きあってせつない予感が満ちる。

『夜のふたつの貌』医学部時代の軍勇司と、同窓だった葛城晃《かつらぎあきら》との出会い。実邦が片方をつぶしてしまう前の、灰色がかった目に美しさの割合がいくぶん高かった頃である。同性愛者であることで好奇の目で見られ暴力を振るわれる勇司に、葛城はフラットに接してくる。勇司にとって気になる存在となった彼にかかわるうち、大学を覆う「クスリ」の影を感じるようになり……。若き葛城に禁欲的な魅力を感じるこの一編は、本編の悪鬼がごとき彼に厚みを与えてくれる。

『夜間飛行』若き葛城晃が途鎖入国管理官のスカウトにあう。サディスティックな目を持つ入国管理官たちによる想像を超える試験にもてあそばれる葛城の姿を見ると、彼の人格形成が決して過酷な少年時の体験や超常的な力の影響によるものだけではないのだなあと感じた。そしてある再会。どこからともなくただよう香りの描写は、その空気に溶けるようなとらえどころのない存在にぴったりだ。

『終りなき夜に生れつく』フリーの記者であり、賞金稼ぎでもある岩切和男《いわきりかずお》。彼が犯人として目をつけた男は、かかわってはいけなかった、あの男だった。タイトルになっているのはウィリアム・ブレイクの詩。その深みに誘われるように、謎めいた男の横顔が明かされる。スリリングで推理小説の要素がある、シリーズ中異色の短編でもある。

すべてを読み終わると、本編でにおわされていた様々な因縁が明らかになり、「途鎖国」に限らない「イロ」のある世界の広がりを知ることができる。本編の顛末を考え合わせると、世界的に「イロ」の力がうねりを増し、さらなる展開があるのではないかと思わされる。

すでに同じ世界観で先に書かれた短編「イサオ・オサリヴァンを捜して」（『図書室の海』収録）がある。構想中の長編『グリーンスリーブス』の予告編として書かれたものなのだという（文庫版『夜の底は柔らかな幻』あとがき及び大森望氏の解説より）。であれば、いずれまたこの「イロ」のある世界に出会えるのかもしれない。それは凄惨なものになるのか、はたして夢幻的であるのか、それともより現実に迫るものになるのか。いずれにしてもただではすまないに違いない。そう期待せざるを得ない気持ちが、この短編集を読むとふくらんでくるのを抑えきれない。隣国、伊予の出身者としても、ひそかに期待している。

（漫画家）

章扉写真　近藤篤

初出誌「オール讀物」
砂の夜　二〇一三年八月号・九月号
夜のふたつの貌　二〇一四年十一月号・二〇一五年一月号
夜間飛行　二〇一六年一月号
終りなき夜に生れつく　二〇一六年九月号・十一月号

単行本　二〇一七年二月　文藝春秋刊

DTP制作　萩原印刷

文春文庫

終《おわ》りなき夜《よる》に生《うま》れつく

定価はカバーに
表示してあります

2020年1月10日　第1刷

著　者　恩《おん》 田《だ》 陸《りく》
発行者　花田朋子
発行所　株式会社 文藝春秋

東京都千代田区紀尾井町 3-23　〒102-8008
TEL 03・3265・1211㈹
文藝春秋ホームページ　http://www.bunshun.co.jp

落丁、乱丁本は、お手数ですが小社製作部宛お送り下さい。送料小社負担でお取替致します。

印刷・凸版印刷　製本・加藤製本

Printed in Japan
ISBN978-4-16-791417-2

（　）内は解説者。品切の節はご容赦下さい。

恩田　陸
まひるの月を追いかけて
異母兄の恋人から兄の失踪を告げられた私は、彼女と共に兄を捜す旅に出る。次々と明らかになる事実は、真実なのか——。恩田ワールド全開のミステリー・ロードノベル。（佐野史郎）
お-42-1

恩田　陸
夏の名残りの薔薇
沢渡三姉妹が山奥のホテルで毎秋、開催する豪華なパーティ。不穏な雰囲気の中、関係者の変死事件が起きる。犯人は誰なのか、そもそもこの事件は真実なのか幻なのか——。（杉江松恋）
お-42-2

恩田　陸
木洩れ日に泳ぐ魚
アパートの一室で語り合う男女。過去を懐かしむ二人の言葉に、意外な真実が混じり始める。初夏の風、大きな柱時計、あの男の背中。心理戦が冴える舞台型ミステリー。（鴻上尚史）
お-42-3

恩田　陸
夜の底は柔らかな幻（上下）
国家権力の及ばぬ〈途鎖国〉。特殊能力を持つ在色者たちがこの地の山深く集う時、創造と破壊、歓喜と惨劇の幕が切って落とされる！　恩田ワールド全開のスペクタクル巨編。（大森　望）
お-42-4

太田忠司
死の天使はドミノを倒す
突如失踪した人権派弁護士の弟・薫を探すために上京した売れないラノベ作家の兄・陽一は、自殺志願者に死をもたらす「死の天使」事件に巻き込まれていく。（巽　昌章）
お-45-3

大山誠一郎
密室蒐集家
消え失せた射殺犯、密室から落ちてきた死体、警察監視下で起きた二重殺人。密室の謎を解く名探偵・密室蒐集家。これぞ究極の密室ミステリ。本格ミステリ大賞受賞作。（千街晶之）
お-68-1

大山誠一郎
赤い博物館
警視庁付属犯罪資料館の美人館長・緋色冴子が部下の寺田聡と共に、過去の事件の遺留品や資料を元に難事件に挑む。超ハイレベルで予測不能なトリック駆使のミステリー！（飯城勇三）
お-68-2

太田紫織
あしたはれたら死のう
自殺未遂の結果、数年分の記憶と感情の一部を失った遠子。その時に亡くなった同級生の少年・志信と自分はなぜ死を選んだのか——遠子はSNSの日記を唯一の手がかりに謎に迫るが。

お-69-1

太田紫織
銀河の森、オーロラの合唱
地球へとやってきた、慈愛あふれる宇宙人モーンガータ（見た目はほぼ地球人）。オーロラが名物の北海道陸別町で宇宙人と暮らす日本の子どもたちが出会うちょっとだけ不思議な日常の謎。

お-69-2

川端裕人
夏のロケット
元火星マニアの新聞記者がミサイル爆発事件を追ううち遭遇する高校天文部の仲間。秘密の町工場で彼らは何をしているのか。ライトミステリーで描かれた大人の冒険小説。（小谷真理）
か-28-1

垣根涼介
午前三時のルースター
旅行代理店勤務の長瀬は、得意先の社長に孫のベトナム行きの付き添いを依頼される。少年の本当の目的は失踪した父親を探すことだった。サントリーミステリー大賞受賞作。（川端裕人）
か-30-1

垣根涼介
ヒート アイランド
渋谷のストリートギャング雅《みやび》の頭《ヘッド》、アキとカオルは仲間が持ち帰った大金に驚愕する。少年たちと裏金強奪のプロフェッショナルたちの息詰まる攻防を描いた傑作ミステリー。

か-30-2

垣根涼介
ギャングスター・レッスン
ヒート アイランドII
渋谷のチーム「雅」の頭、アキは、チーム解散後、海外放浪を経て、裏金強奪のプロ、柿沢と桃井に誘われその一員に加わる。『ヒート アイランド』の続篇となる痛快クライムノベル。
か-30-4

垣根涼介
サウダージ
ヒート アイランドIII
故郷を捨て過去を消し、ひたすら悪事を働いてきた一匹狼の犯罪者と、コロンビアからやって来た出稼ぎ売春婦。ふたりは大金を摑み、故郷に帰ることを夢みた。狂愛の行きつく果ては——。
か-30-3

（　）内は解説者。品切の節はご容赦下さい。

垣根涼介
ボーダー
ヒートアイランドⅣ
〈雅〉を解散して三年。東大生となったカオルは自分たちの名を騙ってファイトパーティを主催する偽者の存在を知る。過去の発覚を恐れたカオルは、裏の世界で生きるアキに接触するが。
か-30-5

加納朋子
螺旋階段のアリス
憧れの私立探偵に転身を果たしたものの依頼は皆無、事務所で暇をもてあます仁木順平の前に、白い猫を抱いた美少女・安梨沙が迷いこんでくる。心温まる7つの優しい物語。（藤田香織）
か-33-6

加納朋子
虹の家のアリス
心優しき新米探偵・仁木順平と聡明な美少女・安梨沙。『不思議の国のアリス』を愛する二人が営む小さな事務所に持ちこまれる6つの奇妙な事件。そして安梨沙の決意とは。（大矢博子）
か-33-7

香納諒一
無縁旅人
警視庁捜査一課大河内班の刑事たち。養護施設から逃げ出した十六歳の少女・舞子は、なぜ死なねばならなかったのか？　若者たちが抱える孤独を嚙みしめ奔走する（中辻理夫）
か-41-3

桂　望実
エデンの果ての家
母が殺された——葬儀の席で逮捕されたのは僕の弟だった。「理想の家庭」で疎外感を味わう主人公の僕は、真相を求めて父と衝突を繰り返すが……。渾身の「魂のミステリ」。（瀧井朝世）
か-43-3

門井慶喜
天才たちの値段
美術探偵・神永美有
美術講師の主人公と、真贋を見分ける天才の美術コンサルタント・神永美有のコンビが難題に取り組む五つの短篇。ボッティチェッリ、フェルメールなどの幻の作品も登場。（大津波悦子）
か-48-1

門井慶喜
天才までの距離
美術探偵・神永美有
黎明期の日本美術界に君臨した岡倉天心が、自ら描いたという仏像画は果たして本物なのか？　神永美有と佐々木昭友のコンビが東西の逸品と対峙する、人気シリーズ第二弾。（福井健太）
か-48-2

門井慶喜
注文の多い美術館
美術探偵・神永美有

榎本武揚が隕石から作ったという流星刀や支倉常長が持ち帰ったローマ法王の肖像画、京都から出土した〝邪馬台国の銀印〟は本物か？　大好評のイケメン美術探偵シリーズ！　（大崎　梢）

か-48-5

門井慶喜
悪血《あくのち》

高名な画家の家系に生まれながら、ペットの肖像画家に身をやつす時島一雅は、怪しげなブリーダーに出資を申し出る。血の呪縛に悩み、かつ血の操作に手を貸す男を、神は赦し給うか？

か-48-3

門井慶喜
ホテル・コンシェルジュ

盗まれた仏像を取り返せ、アメリカ大使の暗殺計画を阻止せよ…。宿泊客が持ち込む難問を、ベテラン・コンシェルジュと新米フロント係が解決。ユーモアミステリの快作！　（大矢博子）

か-48-4

門井慶喜
キッドナッパーズ

その犯罪者は、なぜか声が甲高く背は低く……オール讀物推理小説新人賞受賞の誘拐ミステリー「キッドナッパーズ」ほか、楽しく機知に富んだ単行本未収録ミステリー集。　（宇田川拓也）

か-48-6

北方謙三
擬態

四年前、平凡な会社員立原の躰に生じたある感覚……。今や彼にとって人間性など無意味なものでしかなく、鍛え上げた肉体は凶器と化していく。異色のハードボイルド長篇。　（池上冬樹）

き-7-7

北村　薫
街の灯

昭和七年、士族出身の上流家庭・花村家にやってきた若い女性運転手〈ベッキーさん〉。令嬢・英子は、武道をたしなみ博識な彼女に魅かれてゆく。そして不思議な事件が……。　（貫井徳郎）

き-17-4

北村　薫
玻璃《はり》の天

ステンドグラスの天窓から墜落した思想家の死は、事故か殺人か――表題作「玻璃の天」ほか、ベッキーさんの知られざる過去が明かされる、『街の灯』に続くシリーズ第二弾。　（岸本葉子）

き-17-5

（　）内は解説者。品切の節はご容赦下さい。

北村　薫
鷺《さぎ》と雪《ゆき》
日本にいないはずの婚約者がなぜか写真に映っていた。英子が解き明かしたそのからくりとは——。そして昭和十一年二月、物語は結末を迎える。第百四十一回直木賞受賞作。（佳多山大地）
き-17-7

北村　薫
中野のお父さん
若き体育会系文芸編集者の娘と、定年間近の高校国語教師の父。娘が相談してくる出版界で起きた「日常の謎」を、父は抜群の知的推理で解き明かす！　新名探偵コンビ誕生。（佐藤夕子）
き-17-10

貴志祐介
悪の教典（上下）
人気教師の蓮実聖司は裏で巧妙な細工と犯罪を重ねていたが、綻びから狂気の殺戮へ。クラスを襲う戦慄の一夜。ミステリー界の話題を攫った超弩級エンターテインメント。（三池崇史）
き-35-1

喜多喜久
プリンセス刑事《デカ》
女王の統治下にある日本で、王女・白桜院日奈子がなんと刑事になった！　血が苦手な若手刑事とのコンビで挑むのは、凶悪な連続〝吸血〟殺人！　二人は無事に犯人を逮捕できるのか？
き-46-1

黒川博行
離れ折紙
失われた名画、コレクターの愛蔵品、新発見の浮世絵、折紙つきの名刀…。幻の逸品をめぐる騙しあいを描き、人間の尽きることない欲望をあぶり出す傑作美術ミステリ。（柴田よしき）
く-9-12

黒川博行
後妻業
結婚した老齢の相手との死別を繰り返す女・小夜子と、結婚相談所の柏木につきまとう黒い疑惑。高齢の資産家男性を狙う〝後妻業〟を描き、世間を震撼させた超問題作！（白幡光明）
く-9-13

倉知　淳
片桐大三郎とXYZの悲劇
元銀幕の大スター・片桐大三郎の趣味は、犯罪捜査に首を突っ込む事。その卓越した推理力で、付き人の乃枝と共に事件に迫る。絶妙なコンビが活躍するコミカルで抱腹絶倒のミステリー。
く-40-1

今野 敏《びん》
曙光の街
元KGBの日露混血の殺し屋が日本に潜入した。彼を迎え撃つのはヤクザと警視庁外事課員。やがて物語は単なる暗殺事件から警視庁上層部のスキャンダルへと繋がっていく！（細谷正充）
こ-32-1

今野 敏
白夜街道
外務官僚が、ロシア貿易商と密談後に変死した。警視庁公安部の倉島警部補は、元KGBの殺し屋で貿易商のボディーガードとなったヴィクトルを追ってロシアへ飛ぶ。緊迫の追跡劇。
こ-32-2

今野 敏
凍土の密約
公安部でロシア事案を担当する倉島警部補は、なぜか殺人事件の捜査本部に呼ばれる。だがそこで、日本人ではありえないプロの殺し屋の存在を感じる。やがて第2、第3の事件が……。
こ-32-3

今野 敏
アクティブメジャーズ
「ゼロ」の研修を受けた倉島に先輩公安マンの動向を探るオペレーションが課される。同じころ、新聞社の大物が転落死した。二つの事案は思いがけず繋がりを見せ始める。シリーズ第四弾。
こ-32-4

今野 敏
防諜捜査
ロシア人ホステスの轢死事件が発生。事件はロシア人の殺し屋による暗殺だという日本人の証言者が現れた。ゼロの研修から戻った倉島は、独自の〝作業〟として暗殺者の行方を追う！
こ-32-5

近藤史恵
天使はモップを持って
小さな棘のような悪意が平和なオフィスに八つの事件をひきおこす。新人社員の大介には、さっぱり犯人の見当がつかないのだが——名探偵キリコはモップがトレードマーク。（新井素子）
こ-34-1

近藤史恵
モップの精は深夜に現れる
大介と結婚したキリコは短期派遣の清掃の仕事を始めた。ミニスカートにニーハイブーツの掃除のプロは、オフィスの事件を引き起こす日常の綻びをけっして見逃さない。（辻村深月）
こ-34-5

（　）内は解説者。品切の節はご容赦下さい。

近藤史恵
賢者はベンチで思索する
常連客の老人には指定席があった。公園のベンチでみかける彼の印象は全く違う。久里子は不思議に思うのだが。日常の魔の謎を老人と少女が鮮やかに解決するミステリー。（柴田よしき）
こ-34-3

小森健太朗
大相撲殺人事件
相撲部屋に入門したマークを待っていたのは角界に吹き荒れる殺戮の嵐だった。立ち合いの瞬間、爆死する力士、頭のない前頭。本格ミステリと相撲、伝統と格式が融合した傑作。（奥泉　光）
こ-35-2

笹本稜平
時の渚
探偵の茜沢は死期迫る老人から、昔生き別れになった息子を捜し出すよう依頼される。やがて明らかになる「血」の因縁と意外な結末。第18回サントリーミステリー大賞受賞作品。（日下三蔵）
さ-41-1

笹本稜平
フォックス・ストーン
あるジャズピアニストの死の真相に、親友が命を賭して迫る。そこには恐るべき国際的謀略が。「フォックス・ストーン」の謎とは？　デビュー作『時の渚』を超えるミステリー。（井家上隆幸）
さ-41-2

佐々木　譲
廃墟に乞う
道警の敏腕刑事だった仙道は、ある事件をきっかけに休職中。だが、心身ともに回復途上の仙道には、次々とやっかいな相談事が舞い込んでくる。第百四十二回直木賞受賞作。（佳多山大地）
さ-43-5

佐々木　譲
地層捜査
時効撤廃を受けて設立された「特命捜査対策室」。たった一人の専従捜査員・水戸部は退職刑事を相棒に未解決事件の深層へ切り込む。警察小説の巨匠の新シリーズ開幕。（川本三郎）
さ-43-6

佐々木　譲
代官山コールドケース
神奈川県警より先に17年前の代官山で起きた女性殺しを解決せよ。密命を受け、特命捜査対策室の刑事・水戸部は女性刑事とコンビを組んで町の奥底へ。シリーズ第二弾。（杉江松恋）
さ-43-7

（　）内は解説者。品切の節はご容赦下さい。

堂場瞬一
アナザーフェイス

家庭の事情で、捜査一課から閑職へ移り二年が経過した大友だが、誘拐事件が発生。元上司の福原は強引に捜査本部に彼を投入する……。最も刑事らしくない男の活躍を描く警察小説。

と-24-1

堂場瞬一
敗者の嘘
アナザーフェイス2

神保町で強盗放火殺人の容疑者が、任意同行後に自殺、その後真犯人と名乗る容疑者と幼馴染の女性弁護士が現れ、捜査は大混乱。合コン中の大友は、福原の命令でやむなく捜査に加わる。

と-24-2

堂場瞬一
第四の壁
アナザーフェイス3

大友がかつて所属していた劇団「アノニマス」の記念公演で、ワンマンな主宰の笹倉が、上演中に舞台の上で絶命する。その手口は、上演予定のシナリオそのものだった。　（仲村トオル）

と-24-3

堂場瞬一
消失者
アナザーフェイス4

町田の駅前、大友鉄は想定外の自殺騒ぎで現行犯の老スリを取り逃がしてしまう。その晩、死体が発見され……警察小説の面白さがすべて詰まった大人気シリーズ第四弾！

と-24-5

堂場瞬一
凍る炎
アナザーフェイス5

「燃える氷」メタンハイドレートをめぐる連続殺人事件。刑事総務課のイクメン大友鉄最大の危機を受けて、「追跡捜査係」シリーズの名コンビが共闘する特別コラボ小説！

と-24-6

堂場瞬一
高速の罠
アナザーフェイス6

父・大友鉄を訪ねて高速バスに乗った優斗は移動中に忽然と姿を消す——誘拐か事故か!?　張り巡らされた罠はあまりに大胆不敵だった。シリーズ最高傑作のノンストップサスペンス。

と-24-8

堂場瞬一
愚者の連鎖
アナザーフェイス7

刑事部参事官・後山の指令で、長く完全黙秘を続ける連続窃盗犯を取り調べることになった大友。めったに現場に顔を出さない後山や担当検事も所轄に現れる。沈黙の背後には何が？

と-24-10

（　）内は解説者。品切の節はご容赦下さい。

瀬川コウ
君と放課後リスタート
君を好きだった気持ちさえなくしてしまったのだろうか？　ある日、クラスメート全員が記憶喪失に!?　全ての人間関係の記憶も失われた状態で生まれた謎を「僕」は解き明かせるか。
せ-13-1

高樹のぶ子
マルセル
一九六八年、京都国立近代美術館から消えたロートレックの名画「マルセル」。未解決の盗難事件の謎を追ううち、新聞記者・千晶は自らの出生の秘密を知る。傑作絵画ミステリー。（池上冬樹）
た-8-19

高橋克彦
石の記憶
霊能力者・火明継比古により秋田県鹿角市の大湯ストーンサークルに残された太古の記憶が解き放たれる。表題作など、珠玉の伝奇＆ホラー作品集、文庫オリジナルで登場。（澤島優子）
た-26-17

高村　薫
地を這う虫
——人生の大きさは悔しさの大きさで計るんだ。夜警、サラ金とりたて業、代議士のお抱え運転手……。栄光とは無縁に生きる男たちの敗れざるブルース。「愁訴の花」「父が来た道」等四篇。
た-39-1

高野和明
13階段
前科持ち青年・三上は、刑務官・南郷と記憶の無い死刑囚の冤罪をはらす調査をするが、処刑まで時間はわずか。無実の命を救えるか？　江戸川乱歩賞受賞の傑作ミステリー。（友清　哲）
た-65-2

高野和明
K・Nの悲劇
若い夫婦に訪れた予想外の妊娠。経済的理由から中絶を決意した時、妻に異変が起きる。治療を開始した夫と精神科医を襲う壮絶な事態。恐ろしくも切ないサイコホラー傑作。（春日武彦）
た-65-3

辻村深月
太陽の坐る場所
高校卒業から十年。有名女優になった元同級生キョウコを同窓会に呼ぼうと画策する男女六人。だが彼女に近づく程に思春期の痛みと挫折が甦り……。注目の著者の傑作長編。（宮下奈都）
つ-18-1

島田荘司
夏、19歳の肖像
バイク事故で入院中の青年が、病室の窓から目撃した恐るべき光景。ひそかに想いをよせる憧れの女性は、父親を刺殺し工事現場に埋めたのか？　青春ミステリー永遠の傑作、改訂完全版。
し-17-2

島田荘司
アルカトラズ幻想（上下）
ワシントンDCで発生した猟奇殺人は、恐竜絶滅の謎を追うひとりの男をあぶり出す。そして舞台は難攻不落の牢獄アルカトラズへ。現代ミステリーを導く鬼才の到達点！　（伊坂幸太郎）
し-17-10

島田荘司
幻肢
交通事故で記憶を失い不安と焦燥でうつ病を発症した遥。TMS（経頭蓋磁気刺激法）の治療直後から出現した恋人・雅人の幻との逢瀬にのめり込む遥にやがて悲劇が!?　（中野信子）
し-17-12

柴田よしき
紫のアリス
こんな最悪の日がある？　不倫を清算し会社を辞めた日、公園で死体を発見！　脇に立つのはウサギ？　そして不倫相手が自殺したという知らせが。脅える紗季を待ち受けるのは？（西澤保彦）
し-34-16

大崎　梢・近藤史恵・篠田真由美・柴田よしき・永嶋恵美
新津きよみ・福田和代・松村比呂美・光原百合
アンソロジー　捨てる
連作ではなく単発でしか描けない世界がある――9人の女性作家が持ち味を存分に発揮し、「捨てる」をテーマに競作！　様々な女性たちの想いが交錯する珠玉の短編小説アンソロジー。
し-34-50

雫井脩介
検察側の罪人（上下）
老夫婦刺殺事件の容疑者の中に、時効事件の重要参考人が。今度こそ罪を償わせると執念を燃やすベテラン検事・最上だが、後輩の沖野はその強引な捜査方針に疑問を抱く。　（青木千恵）
し-60-1

塩田武士
雪の香り
十二年前に失踪した恋人が私の前に現れた。だが彼女には何か大きな秘密があるらしい。彼女が隠す「罪」とは。『罪の声』著者が京都の四季を背景に描く純愛ミステリー。　（尾関高文）
し-63-1